剣と魔法の税金対策
It's a world dominated by
tax revenues.
And many encounters create
a new story
Brave and Satan and Tax accountant
[著] SOW
[絵] 三弥カ

メイ・サー
人類種族最強の勇者。

二つ名は"銭ゲバ"。

「誰⁉」

驚き振り返る勇者と魔王。

「それは天地万象を治めし法に背きます」

現れたのは、銀色の髪をした、
この世ならざる美しさの少女であった。
「お前は……!?」
人類種族、そして魔族のトップが、
まったく接近に気づかなかった。
ブルー・ゲイセント
魔族領を納める魔王。
勇者に“世界の半分”をもちかける。

「できます!」
皆が諦めつつあるなか、
クゥだけはくじけていなかった。
クゥ・ジョ
山奥に住む、世界最後の
“ゼイリシ”の少女。

「ほぅ……？」
そんなゼイリシの少女を、
税天使ゼオスが興味深そうに見返す。
ゼオス・メル
"税"を司る天使。
その存在は脱税を許さない。

「ウソです！」

「あなたは気づいているのに、気づかないふりをしている！」
クゥは喝破する。
「何を言い出す……」
フィッシャー・グッドマン
国家連合《ユニオン》の議員を務めた
人類種族側商会の長。

けんとまほうの
ぜいきんたいさく

Contents

It's a world dominated by
tax revenues.
And many encounters create
a new story

剣と魔法の税金対策

Brave and Satan and Tax accountant

けんとまほうの
ぜいきんたいさく

[著] SOW [絵] 三弥カズトモ

It's a world dominated by
tax revenues.
And many encounters create
a new story

前がたり

それは、ある冬の夜のことであった。

雪はしんしんと降り積もり、街を白く染めている。

そこにいたのは一人の少女。

ボサボサの髪に、ボロ布のような服、何日風呂《ふろ》に入っていないのか、薄汚れた姿であった。

道行く大人たちは、そんな彼女から、汚いものを見たかのように目を背ける……のならば、まだいい。ほとんどは、彼女を目に入れもしない。

そんなモノなど、最初からいなかったかのように振る舞う。

貧しいのは、お前が悪い。

弱いのは、お前が悪い。

そうならないようにできたはず。

そうならない方法はあったはず。

それができなかったのはお前の努力不足、全てお前の責任だ。

そんな、「まっとうになれなかった」人間など、存在を認識してやる価値もない。

少女の目に映る世界の全てが、「弱い」という「悪」を責め立てているようであった。

少女にはなにもない。
腹の中は空っぽで、もう三日もなにも入れてない。
もうなにもない、なにもない。
あるのは「これ」だけ。
昨日の夜、金目のものかと思って拾い、落胆させてくれた「これ」だけ。
だから、「これ」を使うことにした。
ちょうどよく、誰かが近づいてくる。
こんな路地裏に来る方が悪いのだ。
そうしないで済む方法はあったはずなのに、そうしてしまった向こうが悪いのだ。
自分は悪くない。
だから、これも悪いことではない。
それを握りしめ、少女は、現れたその男の前に立った。
そして――

序章　世界の半分に贈与税

Brave and Satan and Tax accountant

全てのきっかけは、その一言だった。

「ふははははー！　よくぞここまで来たな勇者よ。その蛮勇に敬意を表し、貴様に一つチャンスをやろう、我の配下となれば、世界の半分をくれてやろう！」

「え、マジ!?　わかった！」

「え!?」

ここは地の果て魔王城。

名の通り、魔王の城である。

その魔王城内の魔王の間にてかわされた会話である。


「ちょ待て」

玉座に腰掛け、威厳たっぷりに、髑髏《どくろ》をあしらった全身鎧《よろい》にマント姿の、「ＴＨＥ魔王」な魔王は、さっきまでの重厚な口ぶりから打って変わって問い直す。

「いいのかキミィ、それで。勇者でしょ？」

「だからなによ」

現れた勇者は、今時珍しい、パーティーも組まないソロ勇者であった。

年の頃は17～18といったくらいの少女であろう。

その割りには、ややややさぐれた鋭い目つきが印象的であった。

「世界の半分を手に入れるってことは、アンタが魔族を統治して、アタシが人類を統治するってことでしょ？　実質的に、人間社会の王じゃない。悪くない、悪くないわ！」

魔族と人類の戦いは、かれこれ数百年。

若干の変化はあれど、ほぼ世界を二つに割っている。

「う～ん……魔王やってて初めて勇者を迎えるけど、こういうのは予想外だよ」

代々伝わる「様式美」に基づいたセリフをのべただけ、決して本気ではなかっただけに、魔王はうろたえていた。

「なに？　もしかして、言ってみただけ……とか言うつもり？　ダメよそれじゃ、責任ある立場の人の発言がそれじゃ、問題になるわよ」

「う～んと……ええっと………」

困惑する魔王。勇者に詰め寄られ、玉座の上で腕を組んで考える。

しばし考える。

そして結論を出す。

「じゃあ……そうする？」

「はい決まりね♪」

かくして、魔王と勇者の戦いは、話し合いで決着がついてしまった。

「そんじゃ世界の半分はアンタが、もう半分はアタシがいただくということで」

「う、うむ……わかった」

「いえ、そうはいきません」

突如、声がもう一つ増える。

「誰⁉」

驚き、振り返る勇者。

「お前は……⁉」

そして魔王。

人類種族、そして魔族のトップが、まったく接近に気づかなかった。

「それは天地万象を治めし法に背きます」

現れたのは、銀色の髪をした、この世ならざる美しさの少女であった。

切れ長の瞳《ひとみ》には、知性と、強い意志が感じられる。

百人いたならば百人が、心にその姿を刻ませるほどの容姿であったが、それすらも霞《かす》んでしまうほどの、大変奇異な特徴を有していた。

「つ……翼⁉」

少女には、背中に一対の翼があった。

妖精族の一種である有翼人種でもなければ、魔族の一種ハーピーなどの鳥魔の類《たぐ》いでもない。

それは――

「天使……だと!?　天界の使い!!」

ひと目で、魔王には分かった。

溢《あふ》れ出す神聖なる気、地上に住む者では絶対に得られぬ〝神〟気をまとうものなど、他にはいない。

「あなたがたの企《たくら》み、看過するわけには参りません」

天使は、鈴の音のような通る声で、魔王と勇者に告げた。

「はっ……天使サマのご登場ってわけ！」

苛《いら》ついた声で、勇者が言う。

「いつもいつも、ろくに助けてもくれないくせに……なに？　魔王と談合した途端やってきたってわけ！」

敵意すらこもった声であった。

魔王と交渉して世界の半分をせしめようとするくらいである。

天使相手にも、一戦交えることさえいとわない、そんな語調であった。

「勇者メイ・サー……あなたは、今しがた、そこの魔王ブルー・ゲイセントより、世界の半分の譲渡を受け入れようとしましたね」

「ああ、そうよ、それがどうしたってのよ！」

勇者――メイは、天使の言葉に、噛《か》みつかんばかりに応じる。

「文句があるなら、アンタら天界の人らがなんとかすればいいんじゃない！　それに、そこまで怒られるようなことしてないわよ！」

欲に駆られてとは言え、勇者メイと魔王ブルーが行ったのは、「話し合いによる戦争の終結」である。

世界が二分され、その境界線が守られるならば、少なくとも、戦争状態は回避される。

(そうなんだよな～……ある意味、停戦合意なんだよ)

魔王は心中でつぶやく。

彼女の言い分を受け入れたのも、とりあえずは、目先の平穏のためでもあった。

「そんなことを言っているのではありません」

(なに？)

しかし、現れた天使の思惑は、そんな二人の思考のさらに斜め上にあった。

「あなた方が、地上において、どのような世界の有り様を選択するかは、あなた方の勝手……ただし、この世の掟《おきて》に従わなくてはなりません」

奥歯に何かが挟まったかのような物言い。

「ああン？」

ガラの悪い口調でメイが問い直す。

「勇者メイ……あなたは、魔王ブルーと取引を行い、世界の半分を得ようとしましたね？」

「そうよ」

「世界の半分、それは膨大な資産です。土地だけでも広大ですが、そこにある様々な利益が、あなたの個人所有物になるということです」

「なにが言いたいの？」


「贈与税がかかります」


「は!?」

出てきた言葉に、メイは耳を疑うが、天使は更に続ける。

「あなたは世界の半分を手に入れました。その贈与に関して、税金が発生します。どう低く見積もっても、その価値は控除額の110万イェンを超しますので……その税率は、55％です」

「はぁあああああっ!?」


この世界は、たいへんありふれた世界であった。

とりたてて特筆することもない、どこにでもあるように、魔族と人類が戦争を繰り広げているような、そんな世界である。

だがただ一つ、特異な要素があった。

それは――

この世界は「税」制度が、その根幹を司《つかさど》る世界だったのだ。

第一章

「税金なんて払いたくない、絶対に！」

まずはじめに――この世界の貨幣制度に関して、簡単にご説明しておく。
単位は「イェン」である。
１００イェンでパンが買える程度。
１０００イェンでちょっと美味《おい》しいご飯が食べられる程度。
15万イェンが官吏の初任給。
30万イェンもあれば、一家四人が一月暮らせるくらいと思っていただきたい。
はい？　どっかの国と同じくらい？
偶然です。

◇

「55％だぁあああっ!?」

突如現れた、神の使いの天使に、「世界の半分がほしければ、世界の半分の半分を寄越せ」と告げられ、勇者メイは怒りと憤《いきどお》りとその他いろんな感情のこもった叫びを上げる。

「はい、そう決まっています」

対して冷静沈着な少女。

メイの怒声を前にしながら、たじろくことすらしやしない。

「この世界には、絶対神アストライザーの名のもとに、税制度が存在することは、ご承知の上だと存じ上げます」

絶対神アストライザー……それは、そんじょそこらの神々とは一線を画する、世界の根本原理を司《つかさど》る、世界を創造した神の中の神である。

人も魔も、全ての生きとし生けるものを生み出した存在であり、この世界に住む者は、絶対に抗《あらが》えない。

そうなっているのだ。

「アストライザーが、この世界の民に課した義務は一つ……得た恵みの一部を、アストライザーに捧げること……知らないとは言わせませんよ」

「そりゃ、知ってるけど……」

税金――それはこの世界に住む者全てに課せられた絶対の義務。

「贈与税って……なに?」

「知らないのですか?」

「だって税金とか、ほとんど縁のない生活だったもん」

勇者メイは、極貧の育ちである。

物心ついたときには両親はおらず、食うや食わずで生きてきた。

「ああ、非課税世帯の方でしたか」

それを察して、天使は、特にこれといって感慨のない表情で言った。

「その年の収入があまりに少なすぎる人の場合は、アストライザーは納税を免除します」

「は、貧乏人はお目溢《めこぼ》しってわけ？　慈悲に溢《あふ》れた神サマだこと」

「死んでは元も子もありませんので」

皮肉で返すメイであったが、天使はさらりと流し、あらためて質問に答える。

「贈与税とは……高額な金品の受け渡しがあった際に課される税金です」

「なにそれ！　アタシがなんかもらったら税金払えっての!?」

「そういうことです」

誰かに資産を譲渡すれば発生する、「贈与税」。

社会になんら経済的影響を与えていないにもかかわらず徴収されるこの税、一見しただけでは理不尽この上なく思えるが、「相続税逃れ」を防ぐための税制なのだ。

なぜなら、生前に資産を全て別人名義にしておけば、個人資産はゼロとなり、死後に相続税がかからなくなってしまう。

そのため、「生前であっても、資産の移動があったならば、そこに税がかかる」という制度ができたのだ。

「だからって……55％ぉ？　ってことは……」

指を折りつつ、メイが計算するが。

「う～……」

イマイチ、彼女は数字に弱かった。

「ええっと……その……天使さん？」

見ていられず、口を挟む魔王ブルー。

事態のあまりの急変に、「魔王らしい威厳のある喋《しゃべ》り方」ができなくなっていた。

そんな彼に、天使は無表情に返す。

「ゼオス」

「ん」

「ゼオス・メルと申します」

「ああ、そうか……なら、ゼオス」

天使――ゼオスに、ブルーは言う。

「つまり、僕が彼女に世界の半分を譲渡した場合……その55％が徴収されるわけかい？」

「そうですね。無論控除はありますが、元が大きいですから誤差の範囲です」

「すると……」

最終的な世界の版図は、左記の形になる。

「つまり今後は世界の半分は魔族のものとなり、残り半分のうち、贈与税分差し引かれた45%が勇者の取り分になるわけか」

「はい、55%は天界のものです」

「なにその三国鼎立《ていりつ》!?」

ツッコむメイ。せっかく目の前にぶら下がった「世界の半分」が、その半分も残らないと知って、大変にオカンムリであった。

「アタシは嫌よ!　絶対嫌!　どうしてもやるってんなら相手になってやる!　神々の腸《はらわた》だって食らい尽くしてんがががが!?」

「やめるんだ勇者!」

突如、玉座を離れ、勇者の口をふさぐ魔王。

「なにすんの!?」

たった一人で魔王城に殴り込みを果たし、魔王の眼前にまで立ったメイである。

彼女は間違いなく、世界トップクラスの戦闘力の持ち主だ。

理不尽な(と思った)要求に対しては、敢然と立ち向かおうとするだろう。

しかし、それは最も悪い選択であった。

「相手が悪すぎる!　敵《かな》うと思わないほうがいい!」

「ちょ……アンタ、魔王のくせに弱腰がすぎるんじゃないの！」

「そんな次元の話じゃないんだよ！」

魔王すら焦るほど、アストライザーに逆らうことは、最大の禁忌《タブー》なのだ。

「海上帝国パルミザンを知っているか？」

「なにそのスパゲティの上にかけたくなるような名前は？」

それは、はるかな昔に、現在は大洋となっている場所にあったとされる、大帝国の名である。

「かつて繁栄の限りを尽くし、魔族すら手出しができないほどの文化文明を築いた大国家だ
……だがそれはある日、一夜にして滅んだ」

「あ、思い出した……でもそれって、おとぎ話でしょ？」

幼い頃に、メイも聞いたことがあった。

だが、ブルーはふるふると首を横に振る。

「君たち人類の間では、古すぎて正確に伝わっていないのだろうが、魔族側には記録されている。あの国はアストライザーに逆らって、滅ぼされた」

繁栄の限りを尽くした大帝国は、神を恐れぬ傲慢《ごうまん》の果てに、納税義務を拒んだ。

「欲しくば我が前に来るが良い！　そして頭を床にこすりつけよ！」とまで言い放った。

その翌日、帝国は滅んだ――

「滅ぼされたって……どうやって……？」

さすがに頭が冷え、問い返すメイ。

神の怒りというならば、雷か大地震か、それとも大津波か……と思うところである。

「〝サシオサエ〟だ」

「は？」

しかし、出てきた答えの意外さに間抜けな声を上げてしまう。

「納税を数年にわたり拒んだ結果、膨大な資産をすべて奪われ、国家運営もできなくなり、倒産した」

「倒産って……国が？」

「うむ」

意外に思うかもしれないが、国も潰《つぶ》れるときは潰れる。

いわゆる、「財政破綻《はたん》」である。

「末路は目も当てられないものだったらしい……国のインフラを維持する金もなくなり、水道も止まり、トイレもつまり、国中にゴミは溢《あふ》れ悪臭と異臭にまみれ、大量の虫がわいて……」

「やめてやめてやめて、想像しちゃう想像しちゃう!!」

国としての体裁も保てなくなったパルミザンから国民は逃げ出し、王族はその日の食事にも事欠く有様。

周辺諸国に、侵略を「してもらう」ことで、ようやく生き延びたという。

「あまりにも情けない話なので、神の怒りで一夜にして滅ぼされたということになったんだな」

「うへぇ………」

絶対神アストライザーが、なにゆえに絶対かというと、まさにこの「その気になれば無理やり引っぱぐ」ことができるからなのだ。

それに逆らうことはできない。

太陽を西から昇らせることができないように、冬の次を夏にできないように。

それはこの世界の法則なのだ。

「お話は終わりましたか？」

ゼオスが、冷たい声で告げる。

今しがた、「相手になってやる」と、上等な口を叩《たた》いたメイに。

「えっと………」

「先程の言葉は、聞かなかったことにしておきましょう」

「ひぃ………」

塩を山盛りでぶっかけられたナメクジでもここまで縮まないというふうに、メイは縮み上がった。

「それでは、ご納得頂いたということで、納税のお話に行きましょう。世界の半分の55％……納めていただくのは現金でも物納でも構いません。こちらにサインを」

ぱちんと指を鳴らすや、なにもない空間から、一枚の紙が現れる。

それは、「納税同意書」。

税天使であるゼオスの説明に納得し、納税に同意する書類である。

これにサインをすれば、もう一切の不服申し立てはできない。

神との契約書なのだ。

「書くものはありますか？　貸しますよ？」

再び、なにもない空間から、インク壺《つぼ》と羽根ペンを取り出すゼオス。

「それ……キミの羽根？」

ややズレた質問をするブルー。

「違います。天使の羽根って、羽根ペン向きじゃないんですよ」

「試したんだ……」

そんなズレた会話をしている二人の前で、メイは下を向き、落ち込んでいるようであった。

世界の半分を手にした直後に、その半分をせしめられては、落ち込みもしよう。

「あのさぁ……」

と、思われたが、彼女はしぶとかった。

「その贈与税って……誰にでも絶対に、適用されるの？」

なおも彼女は、抜け穴を探そうとした。

「……一応、教育や生活費としての贈与ならば、一定額までは控除されます。ただし、家族間のみです」

「控除」とは、一定の金額以内ならば、税金が発生しないという収入である。

家族間の贈与においては、例えば、夫が妻に、親が子になんらかの理由で渡す分には、課税されない。

わかりやすく例をあげれば、お小遣いやお年玉、仕送りなどは適用外ということだ。

「なるほど……」

ゆらりと、幽鬼のように顔を上げるメイ。

その表情に、ブルーは不気味さを覚えた。

「あの……勇者？　大丈夫かい？」

彼の本能が、「この子は、追い詰められると〝やらかす〟タイプ」だと、訴えていた。

「ならば……ならば尋ねるわ……共有財産、ならば問題はないわよね？」

ブルーの懸念をよそに、メイはさらに尋ねる。

「そうですね。資産を共有する間柄であったならば、そこに税は発生しません」

税天使であるゼオスは、あくまで「相手に納得させた上で徴税」することを使命としている。

ゆえに、彼女は、対象者からの質問には、答える義務がある。

「わかった……なら――」

端から見てもかなりやばいことを決意した目で、メイはブルーを見る。

「こいつと夫婦になればいいわけよね！」

「キミィ、なに言い出すの!?」

予想通り、そして想像以上のとんでもないことを言い出した彼女に、ブルーも思わず声を上げる。

「しゃーないでしょ！　他に贈与税から逃れる方法はないんだから！」

「だからって!?」

むちゃくちゃにも程がある提案。

完全に、「目的と手段」が入れ替わっていた。

「ええっと、ゼオス？　これはいいのかい？」

こうなっては、税の天使だけが頼りと、ブルーは問いかける。

「ふむ……確かに、それならばこちらは口出しできませんね」

しかし、彼女はあくまで税天使。

それ以外のことはどうでもいいのか、冷静な口調のままであった。

「いや、でも、だって……えええ！！！」

つい数分前に、今から最後の戦いを始めるはずであった相手が、自分と結婚すると言い出し、魔王はもはや、威厳のかけらもないほど困惑していた。

「はっはっはっ……あきらめろ魔王！　他に手はないわ！　アタシが幸福になるために、おとなしくアタシを黙って受け入れるがいいさマイダーリン！」

「キミ、すごい無理しているでしょう！」

据わりまくった目でにじり寄るメイと、戸惑いながらもにじり下がるブルー。

「ただし……」

そんな二人に、なおも冷静沈着な口調で、ゼオスが告げる。

「私にも、税天使としての立場があります」

彼女の瞳《ひとみ》に、不穏な光が宿る。

それは、なんと形容すればいいのか、あえて言うのならば、はるか遠くから獲物を捕捉《ほそく》した、鷹《たか》のようであった。

「あなた方の納税が正しいかどうか、しっかりと、見定めさせていただきます」

「「…………」」

その冷たい眼差《まなざ》しに、人類種族最強であるはずの勇者と、魔族最強であるはずの魔王は、そろって息を呑《の》んだ。

これが後に、天界、魔界、人界を巻き込み、その歴史を変える大きなきっかけとなった事件の、幕開けであった。

魔王ブルー・ゲイセントは、魔族を支配するゲイセント王朝の八代目である。

なので、ゲイセント八世という呼称が、正確である。

彼は意外と、苦労人であった。

そもそもが、初代ゲイセント一世の頃は、それこそ「魔神」とさえ呼ばれ、絶対王政が取られていたが、時代の流れや王位継承とともに官僚制に移行。

魔王の権威も徐々に下がっていった。

そんな中、ゲイセント四世が若くして死亡。

弟が五世に即位するも、跡継ぎに恵まれず、しかたなく従兄弟《いとこ》が六世となる。

だがその治世も短く、逝去した後、七世が即位。

しかし、この七世はまだ幼く、こちらもやはり跡継ぎを残す前にこの世を去る。

ここにいたって、一世から続いた直系の血族はいなくなり、やむなく傍流の家系から跡継ぎを出すこととなった。

人間の王朝でも、このテの後継者争いは熾烈《しれつ》を極めるが、それは魔族も同様であった。

権謀術数《けんぼうじゅつすう》が渦巻き、陰謀と暗躍が巻き起こり、多くの者が死んだ。

結果として魔族の勢力が大きく衰退し、この時期、人類種族に版図《はんと》を狭められてしまったくらいだ。

さすがにこのままじゃやばいと考えた派閥のトップ同士が会談し、「双方の候補者は引き下げ、まったく無関係な者を、今代は魔王としよう」という形で、手打ちとなった。

そういっためんどくさい経緯を経て白羽の矢が立ったのが、魔王族の傍流の三男坊であり、王位継承レースの蚊帳《かや》の外にいた、現魔王のブルーなのだ。


税天使降臨から、十日後——

「なんでこんなことになったんだろう」

魔王城の一室で、ブルーは深いため息をつく。

城はデカイが居住スペースは存外少なく、彼のプライベートな部屋は、そこそこの広さはあるが、せいぜい個人商店に毛が生えた程度の、この一角だけである。

「陛下、陛下!!」

そこに、ドタバタと足音を立て現れたのは、宰相のセンタラルバルドであった。

「ああ、センタラルバルドさん。どうしました?」

ノックもせずに現れた宰相であったが、ブルーはさして気にすることなく応じる。

「………」

その彼に、宰相は苦い顔をしている。

「陛下……何度も申し上げましたでしょう……私ごときに、〝さん〟付けはおやめください」

「細かいなぁ」

魔王城の重臣の大半は、先代、先々代、中には先々々代から仕えている者たちばかり、センタラルバルドもそんな者たちの一人である。

「そうはまいりません、魔王としての威厳に関わります」

「うん、まぁ、わかりましたよ」

「……ですから」

「あ～……うむ、わかった！　これでよいか？」

「はっ」

先述の通り、魔族の政治体制は、官僚制に移行し、古代のように魔王が全てを定める時代ではない。

というか、複雑に入り組んだ現代社会、たった一人の統治者が全てを差配するのは不可能なのだ。

代わって、魔王に求められたものは「権威」である。

要は「魔王様が言っているのだからおとなしく従え」という象徴としての王が、魔王なのだ。

「やっぱならなきゃよかったなぁ………」

こんなことを思うのは、一日に一度や二度ではなかった。

周りから無理やり押し付けられるようにして王位についたものの、待っていたのはこの堅苦しい生活である。

「地元にいたころはよかった……三男坊の僕なんか、誰からも注目受けていなかったから、好きに遊び歩けたのに」

ブルーの故郷は、魔族領の中でもかなりの辺境である。

幼少期など、野山を裸足《はだし》で駆け回り、やんちゃ坊主と言われたものである。

「現実から逃避なさらないでください」

ついには、呆《あき》れ顔のセンタラルバルドに諫《いさ》められた。

「はいはい……で、なんか用ですか？　じゃなくて、用か？」

「言わずともわかるでしょう？　例の、陛下の嫁ですよ」

「あ〜〜メイくん？　どうかしたの？」

「どうかしたではありません」

先日、贈与税逃れのために、押しかけ女房として魔王城入りしたメイ。

そのニュースは、あっという間に世界中に知れ渡った。

さすがに「税金対策のための結婚」とは言えなかったため、あくまで「両種族の繁栄と平和のため、話し合いで停戦条約が締結された」と告知される。

「勝手に婚姻を決められて……しかも人間の小娘、あまつさえ勇者とは、どういうことですか」

「しょーがないじゃん……」

世界の半分をくれてやろう——そう持ちかけたのは、ブルーである。

ゆえに、それに応じたメイに、「世界の半分」を渡すため、最大限の努力義務がある。

「しかしまさか、結婚してまでせしめようとするとは思わなかったなぁ……女の子にとって、〝お嫁さんになる〟って特別なことじゃないの？」

「今どき、そういうのは古いんですよ」

「そうなの？」

クイッとメガネを直しながらのセンタラルバルドの冷たいツッコミに、ブルーは若干ショックを覚える。

「特に魔族と人間では、時の感覚が違いますからね。我々にとっては一世代でも、連中はその何倍もの世代交代をします」

魔族からすれば、人類の新陳代謝とも言える社会構造や思想の変化は、目まぐるしいばかりで、ついていけないところが大きい。

「まぁその中でも、勇者メイは、かなりの異色ではあるそうですがね」

「そうなの？」

今更ながら、ブルーは問う。

勘違いされるが、「勇者」はけっこう多い。

石を投げれば当たるほどではないが、そこそこの国ならば、一人か二人はいる。

「勇者適性」と呼ばれるものがあり、それを認められたものが、勇者として、人類国家群の、共通の支援対象となる。

「この百年の中では、かなりの腕の持ち主ですよ」

脇《わき》に抱えた包みから、書類を取り出し、センタラルバルドが読み上げる。

「南の水魔宮を攻略し、砂漠のウィッシャー族、ならびにその主であったデザートワームを、たったひとりで倒したほどです」

「すごいね」

それらは、魔族の中でも、かなりの剛の者たちである。

「さらには、光鱗《こうりん》の鎧《よろい》、青玉の盾などのレアアイテムを獲得し、二百五十年ぶりに、勇者のみが使いこなせる、光の剣を継承したほどです」

「強いんだなぁ、メイくん」

「…………」

純粋に感心するブルー。

もしかして、まともに戦えば、魔王の自分でも危うかったかもしれない。

「……ただ〜、性格にかなりの難がありまして」

「え？」

ペラリと、センタラルバルドは書類をめくる。

「勇者たちには、様々な二つ名があるのをご存じですか？」

「あ〜あるよね、〝雷鳴〟とか〝覇王〟とか、あとは……〝結界王〟とかいたね」

「あの女の二つ名は、〝銭ゲバ〟です」

「すごいの来たな」

若い女の子が付けられる二つ名としては、下から二番目くらいであろう。

「しかも、お気づきになりましたか？　そもそもが、今どき、ソロの勇者ですよ」

「そういえば最近は珍しいね」

人類よりも時間感覚の長い魔族をして、〝最近は珍しい〟と言わしめるほど、昨今では単独で活動する勇者は少ない。

最低でも四人パーティー、時には八人や、時には十数人。

中には、王族や貴族の出身で、大型飛空船を使い、百人単位で行動する、大規模事業者な勇者もいるくらいだ。

「それも、無駄金を使わないため、だそうです」

「うへぇ……」

人が多ければ、その分装備や食料、日々の活動費、傭兵《ようへい》ならば給金などが必要となる。

ただ町から町へ移動するだけでも金がかかる。

ならば、最少の人数で、必要最低限の費用に抑えるのが一番だ。

古来より、なんらかの事業を行う際、もっともかかるのが「人件費」なのだから。

「理屈の上ならそのとおりだけど……それでよくやってこられたなぁ」

「かなり強引な手段を講じることで有名でしてね。海を渡る際に、普通ならば船を購入するか、チャーターしなければならないのですが」

船ひとつを専用に運用するとなれば、かなりのカネがかかる。

「あの女、どうしたと思います？」

「え、一生懸命、お金を貯《た》めたの？」

「わざと海賊に捕まったそうです」

そんな、常識の範疇《はんちゅう》のものではなかった。

「奴隷として船に乗せられた後、海の上で大暴れして、その船を奪ったのです」

「それは……なんとも……」

「その上、その海賊たちを脅し、船員としてこき使ったそうです」

「すごいこと考える子だなぁ」

唖然《あぜん》とする話であった。

それならば、タダで船と、その操船のための人員を確保できる。

「他にも、挙げれば枚挙に暇《いとま》がありません。商人を脅して金をせしめたり、貴族や王族すら力づくで言うことを聞かせたり……」

「怖いもの知らずだなぁ」

それも、彼女自身の力の表れであった。

単身で一国を脅かせるほどの戦闘能力を持つ、「組織に対する個人」という不利すらひっくり返せるがゆえのものだろう。

「まともに戦わなくて正解だったかもなぁ……」

彼女がその気になれば、ブルーは負けないにしても、かなりの傷を負った可能性がある。

その隙《すき》をつかれ、他の勇者たちに攻め込まれれば――

「いや待てよ」

（もしかして、それも計算のウチだったのかもな）

考えなしの欲に走っての行動かと思ったが、意外に深謀と熟慮の上での判断だったのかと、彼は少しだけ、メイへの考え方を変えた。

そこに――

「いるかマイダーリン!!」

突如、扉をぶち破らんばかりに蹴《け》り開け、当のメイが現れた。

「なんだ貴様！　ここは陛下の自室だぞ！　無礼なるぞ!!」

入室の許可も得ずしてやってきた人間の小娘に、センタラルバルドが怒鳴りつける。

「いや君だってノックせんかったでしょ」

冷静にブルーはツッコむが、スルーされる。

「あン？　なによアンタ」

「センタラルバルドだ！　魔族宰相の――――」

「あっそ」

そしてそのセンタラルバルドすら、メイはスルーして、ズカズカと部屋に入り込む。

「どうしたんだねメイくん？　なにか用かな」

「用もクソもないわよ」

尋ねるブルーに、メイは傲慢《ごうまん》に返す。

「やっと、人類領に注文していた品が届いたの」

「貴様なに勝手なことを！」

当たり前だが、魔族と人類の間では、まともな交易は行われていない。

だが、メイとブルーの婚姻をキッカケに、一応わずかながら行われるようになった。

「まぁまぁまぁ。それで、なにを注文したの？」

「これよ」

センタラルバルドを宥《なだ》めつつ問うブルーに、メイが見せたのは……枕《まくら》だった。

「ああ、枕かい？　変わると眠れなくなる人とかいるからねぇ」

てっきり、自分用の枕を用意したのかと思ったが、事情は違った。

「はぁ？　んなわけないでしょ。言っちゃなんだけど、アタシは岩の上でも熟睡できるわよ」

「そりゃまた……その……ストロングな……」

そこらの魔族よりサバイバリティあふれる発言をかますメイに、ブルーは感心したような、
呆《あき》れたような、複雑な顔となった。

「これよこれ、この部屋に置いといて」

「ん……？」

メイの出した枕は、一つではなく、二つであった。

しかも随分大きく、「ＹＥＳ」「ＮＯ」と書かれていた。

「あいたたたたたたたた！」

それを端から覗《のぞ》き見たセンタラルバルドが、痛々しそうに目を覆う。

「センタラルバルド？　どうしたんだい？」

「いやぁ……まだ売ってたんですね、そういうの」

「はい？」

些事《さじ》に疎《うと》い……さらに言えば、人類文化に明るくないブルーにはわからなかったのか、一方宰相の彼には、この枕がどういうものかわかったらしい。

「ええっと……陛下……これがですね？」

ゴニョゴニョと、言っているこっちが恥ずかしいとばかりに、センタラルバルドは耳元で説

明する。

「えええ～!?」

YES・NO枕《まくら》――それは、人類種族でちょっと前に作られた、恋人たちの寝具。

なにかを承諾するために用いられるものだが、そのなにかに関しては、割愛させていただく。

「メイくん……こんなこっ恥ずかしいものどこで売ってたの。いやそれより、こんなモンどうする……」

と言いかけて、魔王はあからさまに顔が赤くなる。

「いやいや、ダメだよキミィ!?　いきなりそういうのはね！　もうちょっと段階を踏みましょう！」

「なにを考えてんのよスケベ魔王」

冷ややかな目でメイがツッコむ。

「そーじゃなくて、一応アタシとアンタは、夫婦になったわけじゃない」

「あ、はい、そうです」

なぜかブルーは敬語になった。

「なら、それっぽいことしないと、あのクソ天使にまたイチャモンつけられるわよ！」

「あ～……なるほど」

ブルーとメイは、贈与税逃れのために、「世界全てを夫婦の共有財産」とするべく、偽りの結婚を行った。

「適当な頃合を見て離婚すりゃいいわけだから、指一本でも触れたら殺す」

「なんだろう……魔王より魔王っぽいなキミ」

先日降臨し、納税を迫った税天使ゼオス・メル——彼女は未《いま》だ、天界に戻っていなかった。

それどころか、メイとブルーの結婚生活を監視していたのだ。

「あの銭ゲバ天使め……アタシとアンタがちゃんと夫婦生活しているか、ずっと見張ってんのよ」

「キミに銭ゲバと言われるのは、彼女にとっても不本意だろうねぇ」

「なんか言った？」

「いや別になにも」

睨《にら》みつけられ、目をそらすブルー。

「ったく、しつこいったらありゃしない！　今時、仮面夫婦なんて珍しくないでしょうに」

世の中、すべての夫婦に、愛があるわけではない。

特に、相応の立場を持つ者たちならなおのこと。

いわゆる、「政略結婚」である。

互いの所属する集団の利益を最大限に保つための、一種の同盟の証《あかし》として、婚姻関係を結ぶのだ。

そんなものは、それこそ「珍しくない」なのだ。

だからこそ、ゼオスは二人の婚姻による税金逃れを認めた。

それらは、合法のものなのだ。

ただし、その二人に、「夫婦生活」の実態があればこその話である。

「この数日、いろいろやったけど……あの女、まだ信用していないみたいなのよね」

「やったねぇ……いろいろ……」

結婚してからこっち、メイはこれでもかと様々な、「夫婦っぽい仕草」を繰り返した。


ある時は——

「はーいダーリン！　あなたのために愛を込めて作ったのよ、食・べ・て♡」

「わぁ……」

新妻らしく手料理を振る舞うメイであったが、皿の上に盛られたものは、真っ黒なうごめくなにかであった。

「メイくん……動いている、動いてるよコレ⁉」

「新鮮なのね」

「メイくん、料理は動くものではないと思うんだ」

「黙って食え」

「新妻キャラを貫いてくれよメイくん!?」

腰に下げた光の剣を引き抜き、喰《く》わねば刺すと脅されやむなくブルーは一口食べる。

「ごっぱっ!?」

魔王とは、魔族の王である。

それ故に、単純な身体能力、魔力だけではなく、耐久力も高い。

ちょっとやそっとの毒や呪《のろ》いには脅かされない。

すなわち、メイの作った料理は、ちょっとやそっとではない毒性、もしくは呪力《じゅりょく》を宿していた。

膝《ひざ》から崩れ落ち、真っ青な顔で脂汗を流すブルー。

「メイくん……これはダメだ毒だ!?」

「おおげさな……見た目は悪いけど、そこまででも……ぱく」

不愉快そうな顔で、メイは自分の作った料理を口に入れる。

「ごっぱっ!?」

勇者とは、人類種族の選ばれし戦士である。

聖なる加護を背負ったその体は、ちょっとやそっとの毒や呪いは弾《はじ》き返す。

「なぜ……こうなった?」

膝から崩れ落ち、真っ青な顔で脂汗を流すメイ。

彼女の料理は、作った自分自身すら蝕《むしば》む力を有していた。

「メイくん……キミはいつもごはんはどうしていたんだい？」

魔王城までの旅の日々、つねに外食というわけにはいかないだろう。

自分で作ったこともあったはずだ。

「基本……携帯食や、保存食でしのいで……あとはまぁ、簡単に焼いたり煮たり……」

メイも、決して料理ができないわけではない。

どうやら、いつもと違いすぎるものに挑戦したらしい。

「今さら聞くのもなんなんだけどさ？　これなに？」

「クリームたっぷりのチョコレートケーキを……」

「これケーキだったの!?」

今回は、事情が異なりすぎたようであった。

「次からは……ごはんは……こっちが用意するから……」

「頼むわ………」

「じー……」

二人揃《そろ》って床に伏し悶《もだ》える新婚夫婦を、ゼオスは窓の外から無表情に見つめていた。

また別のある時——

「メイくん、ごはんできたよ」

メイに作らせては命に関わると、ブルーはわざわざ、人間用の食事を用意した。

魔族と人間では、消化器官や味覚の違いもあるが、まずは食文化が異なる。

文化文明の熟度に関しては、世代交代の早い人類種族の方が圧倒的に高度なのだ。

「あら意外と美味《おい》しそうじゃない」

出されたのは、野菜のスープに肉料理に、焼きたてのパン。

豪華絢爛《けんらん》とはいい難いが、少なくとも、蠢《うごめ》いてはおらず、美味しそうな匂《にお》いを漂わせており、メイも素直に称賛する。

「んじゃいただき――――」

さっそく手を付けようとした時、視線に気づく。

「じ――――」

やはり、ゼオスが二人の動向を監視していた。

「…………」

フォークを持つ、メイの手が震えていた。

「メイくん、どうしたんだい？」

ただならぬ雰囲気を察するブルー。

「だ、ダーリン……は、はい……あ、あ〜ん!!」

「メイくん、それは!?」

恋人同士が、互いに食べさせ合う、「アレ」であった。

「うわぁ……これって、やるのも恥ずかしいけど、やられるのもいたたまれないんだねぇ……」

ブルーの心の奥がチクチクし始めていた。

「いいから食いなさいよ……アイツが見てんだから!」

「いや、あの……やめようよ、無理するのは」

「いいから食え!!」

「は、はい……」

やむなく、「はい、あーん」を受けるブルー。

「なんだろう、これ……なにか心の中の大切な部分がガッツリ削られた」

「言うな! 耐えろ!」

がっくりとうなだれるブルーに、メイが苦虫を嚙《か》み潰《つぶ》したような顔で叱咤《しった》した。

「さぁ……次はアンタの番よ!」

「ええ、僕もやるのかい!?」

「そういうもんでしょ!」

「そういうもんなのかい!?」

やむなく、今度はブルーが、「はい、あ〜ん」と、メイに食べさせる。

「くそったれがぁ!!」

「メイくん、やっぱ無理はいけないよ！」

やるせなさのあまり暴れまわるメイを、ブルーは必死で押さえた。

「じー……」

そしてそんな様を、ゼオスが物陰から黙々と見つめていた。


「いやもう、地獄だわホント」

はぁと、メイはため息をつく。

そんなこんなの仮面夫婦生活を、もう十日も続けていたのだが、双方の疲労は、下手な命がけのバトルを展開させる以上に積み重なっていた。

「さすがに、夜の寝室までは入ってこないけど、念には念を入れて、これ用意したのよ」

改めて、見ているだけでも恥ずかしい、「YES・NO」枕《まくら》を見せる。

「メイくん……もうさぁ、あきらめて、贈与税納めた方が早くないかい？」

心から彼女のことを慮《おもんぱか》って、ブルーは提案する。

「あの税天使……ゼオスくんがいつまで監視しているかわからない。こんなことをずっとやるつもりなのかい？　その前に、キミの精魂が枯れ果てるよ」

目に見えて心労の色が出始めているメイを、ブルーは心から案じていたのだ。

「そういう気遣い、いらないから」

しかし、メイはそんな彼の配慮を拒んだ。

「アタシはお金が好きなの！　今目の前にある世界の半分ってお宝を、逃すなんて、死んでも嫌！　絶対に負けるもんか！」

「ううん……」

疲労はあれど、目の輝きは消えていなかった。

それどころか、激しい闘志と負けん気と、あきらめの悪さがこれでもかと宿っている。

（〝銭ゲバ〟の二つ名は伊達《だて》じゃないってことか……）

言っても無駄かと、ブルーはそれ以上の説得は諦《あきら》める。

——と、そこでふと気づく。

「あれ……そういえば、その件《くだん》の税天使さんはどこだい？」

いつもなら、このやり取りすら冷たい眼差《まなざ》しで見つめていそうな彼女の姿がなかった。

「ここにいますよ」

「うわぁびっくりした!?」

と、思ったら現れた。

驚き、オーバーなリアクションを見せるメイに一瞥《いちべつ》もくれず、今日も彼女は無表情であった。

「あなたがたが、果敢な抵抗をしてらっしゃることは、理解いたしました」

そして、まるで罪人たちに死刑の執行を告げる処刑人のような口ぶりとなる。

「ただ……」

ふと、その視線をメイに向けた。

「な、なによ……」

「いえ、別に」

一瞬、ほんのわずかだけだが、氷の仮面のような税天使の顔に、なにか別の思考がよぎったように見えた。

「今は仮面夫婦でも、いずれは変わるかもしれませんしね」

「はぁ？」

なにを言いたいのかわからぬメイが、真意を問いただそうとする前に、彼女は、次の行動に移った。

「なのでこちらも、やり方を変えることにしました」

言うや、ゼオスが目を閉じると、背中の羽が、まばゆいばかりの光を放ち始める。

「な、なによなによ!?」

光は輝きを増し、部屋を真っ白に包み込むほどになる。

目を開けることすらかなわない。

「うわぁっ！」

一体何が始まるのか、予測不可能な中メイは声を上げたが、その直後、光の奔流は収まった。

「な……？」

「終わりました」

「なにがしたかったのよ！」

唐突になにかを始め、唐突に「終わった」と告げるゼオスに噛《か》み付くが、彼女は目を開き、メイと、そしてブルーに告げる。

「先程の光は、審判の光、です」

「しんぱ……ナニソレ？」

「なにぃー！　〝審判の光〟だとぉー!?」

困惑するメイであったが、センタラルバルドは知っていたらしく、驚愕《きょうがく》の叫びを上げた。

「知ってんの？　サンタラバンバンバン？」

「センタラルバルドだ！　さては貴様、覚える気ないな!?」

「長い名前苦手なのよねー」

「ああもう」

イマイチ危機感の薄いメイに、センタラルバルドは怒りも横に置き、説明をする。

「絶対神アストライザーの使徒たち……天使たちは、その職分に応じて、アストライザーより力を授けられる」

天使は数多く存在し、「病に苦しむ者」を救う癒《ゆ》天使や、「幼子を守る」保天使など、千差万別である。

「その中で、税天使が用いると言われる力が、あの〝審判の光〟――その光は、一瞬にして真実を暴く！　ただし、経理関係のみ」

「経理関係？」

神聖なる力の話をしていたと思ったら、いきなり俗なキーワードが出てきた。

「はい、今しがた、この城内の経理帳簿の類《たぐ》いは、全て把握させていただきました」

「ふ〜む……神様の使う、超・速読術、的なものかな？」

首をひねり考えるブルー。

彼もまた、事態の深刻さに気づいていなかった。

「陛下、これは由々しき事態です！」

「どうしたんだいセンタラルバルドさん、そんな真っ青な顔をして」

「ですから、呼び方……権威が……ああいえ、今はそんなことを言っている場合ではありません……あの〝審判の光〟が発動したということは――」

彼はその光の意味を知っていた。

税天使が放つその光は、この世の全てをつまびらかにする。

それが放たれたということは――

「そうです、今この瞬間から、私の行動は、〝ゼイムチョウサ〟に移ります」

「〝税務調査〟ァ？　なによそれ？」

税天使の一方的な宣言に、メイが不機嫌な声で返した。

「読んで字の如《ごと》くです、税務に関する調査を行うということです」

しかし、やはりゼオスは、わずかにも表情を変えない。

「すなわち、これからあなたと魔王ブルーの行ったこの数年の納税が健全であるかどうかの、徹底調査を行うということです」

「どういう権限で！」

「税天使の権限です」

絶対神の名のもとに、税に関する全ての権限を認められているから、税天使なのだ。

「ああそうか……って、いきなり調査するなんて、卑怯《ひきょう》じゃない！」

「卑怯もなにもありません。税務調査とはそういうものです」

「そういうものなのかい？」

尋ねるブルーに、センタラルバルドが返す。

「そういうものなんですよ」

天界による〝ゼイムチョウサ〟は、珍しくはあるが、そこまで稀有《けう》でもない。

年に数度、大陸のあちこちで人類、魔族関係なく行われる。

ゆえに、彼は〝審判の光〟のことも知っていたのだ。

「絶対神アストライザーは、絶対の力を持ちます。しかし、アストライザーよりこの世界の職務を委《ゆだ》ねられた天使たちのリソースにも限界があります」

「天使ってどれくらいいるの？」

尋ねるメイに、ブルーが答えた。

「僕もよく知らないけど、数え切れないくらいはいるはずだよ」

「うへぇ」

せいぜい百か二百と思っていたので、メイは純粋に驚きの声を上げたが、そんな彼女にゼオスが言う。

「しかし、下界の民の諸問題もまた、数え切れないくらいありますので」

「……なるほど」

「なんか、複雑な顔したね」

「いいから、続き」

すんなりと納得したことでブルーは意外そうな顔をするが、深くは取り合わず、メイは説明の続行を、税天使に要求する。

「なので、全ての下界の民の納税申告を、片っ端から一つずつ精査できません。リソースの無駄遣いです」

「へんなところでせせこましい」

「そうしないとやっていけないのです。この世界は、税の理《ことわり》で動いています。下界の民が天に納めた実りが、天界の……ひいては世界の運営の原動力になっています」

世界を創造した絶対神アストライザー。

人類も魔族も、等しく全ての「地上の民」は、アストライザーが生み出した。

だが、ただ生み出されただけでは、死ねばそれで終わりである。

生命活動に励み、新たな生産を行い、それが還元されることで、アストライザーは世界の根本を司《つかさど》るのだ。

「にもかかわらず。調査に力を使いすぎては、肝心の世界の運営のための力が足りなくなるのです」

1000イェンの税金の調査に、1000イェン使ってたら、赤字になってしまう。

「ちなみに、赤字になったらどうなるの?」

ふと疑問に思ったメイが尋ねた。

「基本的な世界の運行がとどこおりますね。具体的に言うと」

「と言うと?」

「雨が降らなくなったり、日照りが続いたり、津波が襲ってきたりなどなど……」

「て、天変地異って……そういう理由なの……？」

「なにも起こらない状態を維持するというのは、それだけでコストがかかるんです」

「あ、ちょっとわかる……」

その会話を聞き、センタラルバルドが、彼にしては珍しく、本音の混じった声を吐いた。

実務畑の魔族には、いろいろ思うところがあるのだろう。

「で」

脇《わき》にそれた会話をゼオスはむりやり引き戻した。

「なので、全部を調査できませんので、対象は、ぶっちゃけランダムに選ばれます」

「それでいいの天界!?　くじびきじゃないんだから」

「いいもなにも、その方が不公平感が少ないでしょう」

呆《あき》れるメイであったが、ゼオスは一切悪びれない。

「運の悪い人が調査を受けるということかい？　しかしそれも無駄が多いと思うんだが。外れたらタダ働きになるわけだろう」

問いかけるブルー。

今しがた彼女が言ったばかりである。

調査にかかる手間より、少ない結果しか出なければ、赤字なのだ。

「建前としては、正しく納税がされているのですから、その方がいいんです」

「そっか」

「しかしこちらもキレイごとばかり言ってられません」

ぶっちゃける税天使であった。

「天使の発言としてそれどーよ!?」

「実際は、ある程度の目星をつけた人の中から、担当者が選びます」

「目星……」

「『あ、この人怪しいな〜』的な」

「例えば?」

「そうですねぇ……」

そこで、改めてゼオスは、メイを見つめる。

「な、なによ、なにこっち睨《にら》んでいるのよ!?」

「贈与税逃れのために、好きでもない相手と結婚しようと考える人とか、他にもどんな税金逃れをしているか、分かったもんじゃありません」

「ぐふっ!?」

何も言い返せない、選出理由であった。

「うん、こりゃ言い訳できない」

「言ってる場合かー!」

納得するブルーに、メイはツッコむ。

「なので、税天使の権限により、あなたがたの納税が正しいか、調査させていただきました」

「くっくっくっ、ざまぁないな人間」

メイに対して――正確には、人類そのものに――好印象を持っていないセンタラルバルドがほくそ笑む。

「あ、ケンカ売ってんの、サンマクソワカ？」

「センタラルバルド、だ！　もう合っているところの方が少ないぞ！」

「待て……今、なんて言ったんだい？」

「え？」

真面目な顔になったブルーに、ケンカをしていた二人も、動きを止める。

「今……あなた〝がた〟と言ったか？」

「言いましたよ？　あなたたちは、夫婦となった。そして、互いの財産を共有のものとした。ならば……納税義務は双方にかかります」

「待って……ちょっとまって……とてつもなく嫌な予感がする！」

勇者として数々の修羅場をくぐってきたメイ、不穏な空気を察したのか、彼女の顔からも余裕が消える。

「あなたたち……この数年、ずいぶんとザルな経理を行っていましたね。改めて精査しましたが、かなりの追徴課税が発生しますよ」

追徴課税とは、追加で納める税金のことである。

「いくらくらいに……なるのかな？」

「そうですね。まだ、正確な数字は算出できていませんが、それでも……」

ゼオスからの「見積もり結果」を、息を呑《の》んで待つブルー。

「一兆イェンは、下回らないでしょう」

「いっ…………」

その金額は、想像の遥《はる》か、遥か遥か上であった。

「なんということだ……そんな大金、どこから工面しろというのだ……陛下、いかがいたしま……陛下？」

真っ青になり、髪をかきむしるセンタラルバルドだったが、それも無理からぬ話であった。

一兆イェンといえば、仮に一日100万イェン使ったとしても、千年かかっても三分の一強にしかならない……それくらいの金額なのだ。

「…………」

「陛下、陛下!?　呼吸が止まってる!?」

「…………」

「勇者も!?」

二人揃《そろ》って提示された金額に、意識を失ってしまっていた。

「よくある話です。じきに蘇生《そせい》するでしょう」

それを前にしてもなお、ゼオスはクールであった。

「なんてことだぁ……」

「あなたは……冷静なのですね？」

それどころか、愕然《がくぜん》としつつも、かろうじて意識を保っているセンタラルバルドに、声をかけるほどであった。

「いや、私はその、参謀的な存在なので、こういうときでも冷静であらねばと心がけているだけだ」

「左様ですか」

その返答にも、興味がないのかあるのかわからない声で、ゼオスは言った。


数時間後――魔王城のブルーの私室。

「えらいこっちゃぁ……」

「税天使は、三か月の納税猶予を宣告しました。それまでに改めて、不服な点があれば申請するようにと……それを過ぎれば、自動的に納税額に同意したと判断するそうです」

頭を抱える魔王ブルーに、センタラルバルドは言う。

「言ってくれんじゃない……！」

声を荒らげるメイ。

「なんてこったぁ……」

そしてショックからなかなか立ち直れないブルー。

「ええい！　いつまでもぼさっとしてんじゃないわよ！」

そんな彼の情けない有様に、メイが苛《いら》つきを込めた拳《こぶし》を叩《たた》き込む。

「痛い!?　殴らないでくれよメイくん!?」

「八つ当たりよ！」

「なんて堂々と」

「人に当たらないと、冷静さも保てないわよ……こんな現実」

なにがどうしてこんな額になったのやら……想像もつかない事態であった。

しかし、さりとて、メイにはそこまでの額を取られるいわれはない。

勇者となってからならばともかく、それ以前の彼女に、そんな高額納税を迫られるほどの収入はなかったのだ。

「やっぱり、ウチの問題か」

考えられるのは、世界の半分、魔族領を統治する、魔王ブルーの納税に関してであった。

「メイくん、キミを巻き込むのは本意ではない。バツが悪いかもしれないが、僕と離婚して、キミは人類社会に帰りなさい」

ブルーは、よかれと思い、彼女に手を引くことを提案した。

このままでは、超々高額納税に押しつぶされ、メイの個人財産すら危うい。

「そうはいかないわよ！　それって、目前に迫った〝世界の半分〟をあきらめろってことでしょ！」

しかし、勇者メイの執念は半端ではなかった。

なおも彼女は、世界の半分に固執する。

「なんとか方法はあるわよ！　とりあえず、あの天使が調べたっていう、魔族の収支を洗い直しましょう。このまま言われるままに払ってたまるもんですか！」

今まで百の首を持つ怪蛇や、触れれば即死の猛毒を放つ化け物植物とも渡り合ってきたのだ、根性の据わり方が違った。

しかし――世の中、気合いと根性だけでどうにかできることと、できないことがあることを、彼女は痛感することになる。


魔王城には、様々な区画がある。

人類種族がよく知る「対外敵用戦闘区画《ダンジョン》」は、実は全体の半分もない。

残りは、城に詰めている兵士たちの宿舎や倉庫、さらには、城の運営を行う各部門がひしめいている。

「ここが、魔王城の経理部だ」

ブルーとメイは、収支決算の洗い直しのため、城の一角にある魔王城経理部にやってきた。

「すごい書類の山だな……山というか、その……乱雑すぎないか!?」

「どんだけ片付けてないのよ」

部屋いっぱいに積み重なった書類の山を前に、ブルーとメイは呆然《ぼうぜん》とし、呆《あき》れ果てた。

「はぁ……なんでも、今までかなり大雑把な会計処理をしていたようで……いつどれくらいの金額が入ったかすら、把握していないと……」

「ザルすぎんでしょ……」

申し訳なさそうに言うセンタラルバルドに、メイが容赦なく、だが言い訳のできない感想を返す。

「今までは、ベテランの中級魔族が、ほぼ一人でやっていたんだがな」

「そのベテランはどこ行ったのよ！　連れてきなさいよ！」

「死んだ」

「え？」

「半年ほど前に、魔族領に侵攻した勇者の迎撃部隊に徴兵され、行方不明だ。おそらくまぁ、戦死だろう」

「半年前……それって……え、アタシ!?」

時期やタイミング的に、メイが魔族領に侵攻し、それに対抗する迎撃部隊が送られた頃である。

「メイくん、これも戦場の倣《なら》いだ、気にしなくていい」

「いや、えっと、そうかもしんないけど……」

ブルーが慰めるが、それでもバツの悪さは否《いな》めなかった。

「その担当者が、長年の経験と勘で処理をしていただけに、あとを引き継ぐことができなくなったのだ」

「それにしても……なんで事務方が前線に徴兵されたのよ？」

ブルーがメイを慰めたのは、ただ単に「戦場の倣い」というだけのものでもない。

魔族と人類は、長く戦争を続けていたが、ここ二十年ほどは膠着《こうちゃく》状態。

小規模かつ局地的な戦いが国境付近で繰り返されているだけで、少なくとも、後方の事務方を徴兵しなければならないほど追い詰められてはいないはずであった。

「それも、手続きの手違いだったとかで……」

だが、返ってきた答えは、なんとも情けないものだった。

「ウチも大概、そこらへんいい加減だからなぁ」

「もっとちゃんとしなさいよ魔王軍」

「人手不足でね、どこもわっちゃわっちゃで……」

メイのツッコミにも言い訳のしようもなかった。

魔王城は、現在深刻な予算不足で、財政難にあった。

あちこちの人員を削りまくった結果、通常作業をこなすのも精一杯。

このような事態も、珍しいことではなくなっていたのだ。

「世知辛《せちがら》い」

「無駄な支出を控えるために、最低限の人数で回しているのだ。効率化と言え、効率化と」

呆《あき》れ果て、ため息混じりにこぼすメイに、センタラルバルドは不愉快そうな顔で反論した。

「その効率化の挙げ句が、これ?」

「うぐぐ」

そう、結果はこれである。

事実を突きつけられれば、反論もできない。

「さてまいったな……センタラルバルドさん、こういった作業に向いている人は他にはいないのかい?」

「おりませんなぁ……基本、魔族は脳筋ですから」

「そうなんだよなぁ」

魔族というのは多種多様であるが、銭勘定に適した者は少ない。

種族的な理由も大きいが、人類種族と異なり、教育制度がないに等しいほど整っていないからだ。

「だからって、やらないわけにはいかないでしょ！」

うなだれる二人を、メイは怒鳴りつけた。

それからしばらく――

「無理だぁ――――!!」

「メイくん、泣いている!?」

数時間前に、ブルーらを叱咤《しった》したメイが、心をバッキボキに折られ、涙を流していた。

「なによこれ……書式も日付もバラバラ……なにがなんのために使われたものかもわからない……収入か支払いかもわからない……」

想像以上の無茶苦茶っぷりであった。

「ご苦労さまです」

そこに現れる税天使ゼオス。

「ひぃ、悪魔！」

「天使ですよ」

この状況では、税の天使は悪魔と同意語であった。

いやむしろ、話が通じない分、悪魔よりも悪魔かもしれない。

「これはまた……無駄な抵抗をされていますね」

山のような書類の中に埋もれるメイたちを見て、ゼオスは無表情に言った。

「言ってくれんじゃないのよ！　言っとくけどねぇ、一兆イェンだなんて税金、絶対払うもんですか！」

「納める」

「ああン？」

「税金は、〝納める〟ものです。〝払う〟でも〝取る〟でもありません」

それだけは譲れない、とばかりにゼオスは強めの言葉で念を押す。

「細かいことをっ！」

「まぁまぁメイくん……でも、ゼオス？　現実問題として、魔王城の宝物庫から全部持ち出しても、そんなお金はないよ。十億イェンもあるかどうか……」

メイを抑えつつ、ブルーが言う。

「え、ちょっとまって、そんなに貧乏なの、魔王軍」

「魔族の台所事情は決して裕福な方でなくてねぇ」

魔族というのは、あまり生産行為に向いていない。

ほとんどの産業が、一次的なもの――すなわち、農業や漁業に偏っている。

それも大半が、狩猟や採集で、人類のような組織的な開拓を行っている者のほうが少ないのだ。

それゆえに、上がる収益も、その版図に比べて驚くほど少ない。

「その上で戦争が長引いたから、深刻な財政危機なんだよ」

せめてもの救いが、生まれついての強靱《きょうじん》な体を持つ上、自前で硬い鱗《うろこ》や甲羅、爪《つめ》や牙《きば》や角、高い魔力を有するので、人類に比べれば軍事費が少なくて済むというくらいであった。

「だから、人件費削って、人手不足になってたのね」

「細かな倹約をしているんだよ。蛇口はちゃんと締めるし、カレンダーの裏を使ってメモ帳にしたりしてるし」

「しょっぱいわねぇ」

昼なお暗い魔王城であるが、それも、光熱費の削減ゆえなのである。

「そんな魔王城の資産なんて、ろくなものではない」

改めて問いかけるブルー、このままでは、税金を納めようがない。

「大丈夫です。その時はこれを使いますので」

そんな彼に、ゼオスは黄色い札を見せた。

「〝サシオサエ〟の札です。これが貼られたものは、強制的にアストライザーへの貢物としてカウントされ、没収されます」

「えええええ!?　じゃなに、その気になったら……」

不穏なその言葉に、メイが恐怖の悲鳴を上げる。

「この城もそうですし。ああ、メイさん……あなたの装備や持ち物も対象ですよ」

「げげげ!?」

「けっこう高価なアイテムをお持ちですね。例えば……聖界樹のしずくとか……」

ありとあらゆる傷を治し、全ての毒や呪《のろ》いを無効化するという霊薬である。

あまりに貴重な上、もはや製法も失われたので、世界でも数えるくらいしか残っていない。

「渡さないわよ！　アタシのとっておきなんだから！」

常に身につけているのか、しまっていると思われる懐に手を当てている。

「よくここに来るまで温存できたねぇ」

「普通どっかで使いますよね」

どんな超レアアイテムも、使わなければないにも等しい。

魔王の前に来るまで危機はいくつもあっただろうに、ケチり続けたメイに、ブルーとセンタラルバルドは、少し引いていた。

「もったいなくて使えなかったのよ……一回、毒に冒されて、回復魔法も解毒魔法も使う魔力がなかった時は、血反吐《ちへど》吐きながら街まで戻ったわ」

「なにがキミをそうまでさせる……」

銭ゲバ勇者の二つ名は伊達《だて》ではない、と言ったところであった。

しかし、後生大事に持ち続けた霊薬も、サシオサエ対象となるのだ。

「いくらで買い取るつもりよ！　安くないわよ！」

「ご安心ください。ちゃんと……競売にかけて、一番高い値で落札された金額にいたします」

「なんかそれ……不安なんだけど……結託して安く買い叩《たた》く連中とかいないの……？」

要は、「オークションにかけて現金化する」なのだが、そういった場所は意外ときな臭い話も多い。

「だいたい、この手のレアアイテムは、欲しがる人も限られるでしょ？」

「その時はその時です。市場の原理に従うまでです」

「それ、ダメなやつじゃない！」

あまりにもレアすぎて一部の人間にしか知られていないものは、公売にかけてもその価値が理解されず、驚くほど安値で買い取られることが、往々にしてあるのだ。

「それでも足りなかった時は……？」

疑問を呈するブルー。

仮に順当な価値で取引されたとしても、一兆イェンに届くとは思えない。

「その時は……ご安心ください。分割で納めていただくだけです」

「是が非でも取る気か！」

決して譲らぬゼオスに、メイが怒鳴りつける。

「利子も公定歩合に基づいたものです」

「利子までとるんか!?」

「全ては、〝ゼイホウ〟の理《ことわり》に則《のっと》ったものです」

「なにそれ？」

アストライザーは絶対神、しかし、暴君ではない。

あらかじめ、地上の民たちとの間に取り決めた法に基づいて、徴収を行っている。

その法が……〝ゼイホウ〟なのだ。

「天地開闢《かいびゃく》のころからの定めです。その理に基づいて、私も徴収し、税額を定めています。

なので……不服な点があるのなら、その〝ゼイホウ〟に基づいて、申告してください」

「ちょ、ちょっと待った！　その〝ゼイホウ〟ってどういう内容よ？」

あったことも知らなかったルールに基づいて反論しろとは、無茶にも程がある話である。

「それはご自分でお調べください」

しかし、税天使の返答は、やはり冷淡であった。

「ご安心ください。届けを出され、間違っていた場合は、受け付けられませんが、やり直しは可能です。期間内でしたら、何度でもどうぞ」

温情のように言っているが、「間違いは指摘するが、正解は教えない。何度でもダメ出しする」という意味であった。

「私はあくまで、税の徴収を行う者です。あなた方に納税方法の指南を行うのは、使命に入っていません」

「なんて堅物な融通の利かない……」

「どうぞお好きにおっしゃってください。しかしながら、私も領分を侵すことができないので」

底意地の悪さすら感じる物言いに、メイは歯ぎしりをしてにらみつけるが、ゼオスは涼しい顔であった。

しかし、その言葉に、ブルーは妙な違和感を覚える。

「どういう意味だい？」

「特に意味はありません。それでは私はこれで……申請は三か月以内ですよ」

そして、税天使は再び、彼らの前から去っていった。

「言いたい放題言ってくれたわねあのアマ……」

「怖いなぁ……」

お世辞にも勇者らしいとはいい難い怒りを燃やすメイに、ブルーは本気で恐怖を覚える。

「しかし参りましたね陛下。この城のどこにも……いやおそらく、人類側にも、〝ゼイホウ〟とやらに通じた者などいないでしょう」

「天地開闢《かいびゃく》の頃に定められた古代の法なわけでしょ……？　魔族側にいなかったら、人類側にもいないわよ」

センタラルバルドとメイ、ともに腕を組み、困惑する。

「いかにもな天界のやり方ね。あっちのルールを問答無用で押し付ける。わからないこっちが悪いって論法なわけでしょ？」

「…………」

ブルーは思案していた。

確かに、ゼオスの言い方は、メイの言うとおりの一方的な論法だ。

だが、彼女は「納税方法の指南は自分の領分ではない」と言った。

それは同時に、指南を領分とする者がいるという意味ではないか？

「こうなったら、なんとか一兆イェンを捻出《ねんしゅつ》するしか……」

「魔族のツノとか牙《きば》とか、良い値で売れるのよね」

「貴様、すごいこと言い出すな!?」

「こっちの財産も全部むしり取られるのよ！　そっちも身を切りなさい！」

勝手な会話を繰り返す二人をよそに、ブルーは考える。

なにか、ひっかかるものがあった。

「あ！」

そしてようやく、そのひっかかりの正体を思い出す。

「まだ、手はあるのかもしれない……」


魔王城はデカイ。無駄にデカイ。

そもそも城というものは、要塞《ようさい》でもあるが、同時に為政者の権威の象徴である。

どんなバカにもひと目見て「すげぇ！」と思わせることで、相手を屈服させる効果がある。

それ故に、常にインパクトを求めた結果、年月が経てば経つほど増改築を繰り返し、大きさを増していく。

その増築の範囲は、地上だけでなく、地下にも及んでいた。

「ここ……どこよ……」

「魔王城の最下層だよ。代々の魔王が安置されている」

その地下を、ブルーたちは下っていた。

「安置って……お墓ぁ？　うわキモチワル！」

「ええい、なんという罰当たりな！」

先頭を行くブルーの後に、メイとセンタラルバルドが続く。

「センタラルバルドさん、彼女は人間なんだから、人間からしたら魔族の墓所は不気味以外の何物でもないだろう」

「そうかもしれませんが………」

「実際、すごい装飾ね……これ、人間だったら、神様の彫刻とか花とか、そういうノリなのよね」

メイほどあからさまでなくとも、人類種族がここに足を踏み入れたならば、その不気味さに身をすくませるだろう。

壁のあちこちに彫られた、魔神たちの彫像の列。

全てに精緻《せいち》な装飾が施され、さらに不気味さを強めている。

「奥に行けば行くほど装飾が豪華になっていくわね」

「奥のほうが古いからね」

「つまりお金があった時代」

「うん……」

少しだけ、階段を歩む足音に、侘《わび》しさが加わった。

そして——

「さて、やっと着いた。ここが最下層の中の、さらに一番下だ」

「ということは……最初の魔王のお墓ってこと？」

「うん、僕の……えっと七代前。血縁的に言うと、ひいおじいさんになるね」

「七代前なのにひいおじいさんなんだ？」

「途中いろいろあってね。二代目三代目はそこそこ長生きしたんだけど、四代目は早死にしてその弟が五代目になって、その五代目は跡継ぎ残さず死んじゃって、だから六代目は三代目の弟の息子で、七代目はその息子だったんだけど、その人も早死にしちゃって」

「あらら」

順調に、親から子、子から孫、とはならなかったのであった。

「僕は二代目の弟の孫で……そっちの家系は妙にみんな長生きなんでね」

ブルーの家系は、初代魔王の晩年に生まれた末っ子が始祖であり、その後二代目も長生きだった。

「まさか……健康で長生きが、王位に就く基準だったの？」

「おい、いい加減にしろ人間、不敬だぞ」

メイの思いつきに、今まで「歴代魔王の墓所」ということで静粛にしていたセンタラルバルドが、怒りの声を上げる。

「実はそうなんだ」

「陛下ァ〜〜〜？」

だが、現役魔王にあっさり認められ、はしごを外され溺《おぼ》れた子犬のような顔になる。

「そうじゃなきゃ、僕みたいな若輩が選ばれることはないよ」

「アンタいくつなのよ」

「ええっと……百八十……二、三だったかな？」

「魔族の年齢基準はよーわからんわ」

魔族と人類とでは、時の流れが大きく異なる。

〝齢《よわい》百歳〟が、「ケツに卵の殻がくっついた若僧」扱いなど、珍しくないのだ。

「けっこう若いほうなんだよ、僕？」

「そんな姿で言われてもねぇ～」

ドクロの仮面に、ツノ付き全身ヨロイにマント姿では、下手すれば人間どころか、魔族でも容易には年齢の想像がつかない。

（案外、ナメられないためのモンなのかしらね）

ふと、心の中でメイはつぶやく。

健康で長生きしそうだから、の理由だけで選ばれた若輩の王。

容姿だけでもそれっぽくしなければ、周りを動かせなかったのかもしれない。

そんなだから、定番や定石を守らざるを得ず、メイに「世界の半分をくれてやろう」などと、古式ゆかしい「魔王の定番ゼリフ」を口にしたため、こんなことになったのかもしれない。

「若さと健康だけが基準で選ばれたんで、周りが早く跡継ぎを作れとやかましくて……」

そんなメイの思いとは裏腹に、ブルーの口調は緊張感のないものであった。

「ふーん、あっそ……って、ちょっと……」

「え……あ！」

メイの微妙な表情を前に、ブルーは自分の言った意味に気づく。

「いや、違うんだ！　そーゆー意味で言ったんじゃなくてね!?」

形だけとは言え、ブルーとメイは夫婦である。

この流れでこの会話の内容では、彼女に自分の子供を生んでほしいと、遠回しに言ったに等しい。

「分かってるわよ……慌てられる方がめんどくさいから」

「ごめんなさい……」

「あやまんなくていいから！」

大きな魔王が、肩をすぼめて申し訳なさそうにしているのを見て、さすがの傲岸《ごうがん》勇者も、居心地の悪いような、妙に背中がかゆいような、そんな気分になっていた。

「なんの話をしているんですあなたたちは」

見ていられないとばかりに、センタラルバルドが言う。

そもそも、ここまで来たのは、現状の超々高額課税への対抗策のヒントがあると、ブルーが言い出したのがキッカケである。

「陛下、なんのために魔神さまの寝所に来たのです」

初代ゲイセントは、その功績が讃《たた》えられ、〝魔神〟として崇《あが》められている。

「始祖は神様として祀《まつ》られるわけね。そういうのは人間も魔族も一緒なのね」

「なので、ここは墓ではなく、正確には『魔神となった初代様が眠っている場所』になるんだ。だから寝所」

「ふーん」

メイも各地を旅して、その功績ゆえに、英雄どころか、神格化された人間たちを祀った神殿は多く見てきた。

「でもそれも最近予算不足で厳しくてねー」

例によっての緊縮財政なため、偉大なる魔神様を崇める儀式もおぼつかない。

捧げる貢物も、邪神官や巫女《みこ》たちの数も年々減らし、年に四回だったものを年二回に切り替えたりしている有様なのだ。

「油断すると世知辛《せちがら》いわねぇ」

聞けば聞くほどお粗末な魔族の台所事情に、メイは呆《あき》れを通り越し、悲しみを感じ始めてきていた。

「歴代魔王は、王座に就く前に、この廟《びょう》の中で、七日七晩過ごすんだ」

「七日七晩……けっこうきついわね」

「きついよー、その間、飲まず食わずで過ごさなきゃいけない」

「うへぇ」

「ちなみに寝てもダメ」

「マジで」

「でもまぁ、一応ね、魔王に選ばれるくらい体が頑丈だからね、なんとか耐えられる」

問題は、肉体的な苦痛や疲労ではなかった。

「ただねぇ、暇なんだよ……七日間ずっと、なんもすることないから」

「一人で閉じこもりっきりなの？」

「そう……だから、廟の中をブラブラと見て回ってね……入ろう」

語りながら、ブルーは初代魔王の寝所の扉を開いた。

「陛下……人間を魔神様の廟に入れるのは……その……」

魔族にとっては、この場所は神聖なる地。

そこに、勇者を招き入れることに、センタラルバルドは複雑な顔をする。

「一応、彼女は僕の奥さんなんだよ？　ご先祖様にご報告する、いい機会じゃないか」

「あううう……」

頭を抱えるセンタラルバルド。

「そういうふうに言われると、ちょっと構えちゃうわね」

一方、メイはメイで、「親族へのご挨拶《あいさつ》」になることに、緊張を隠せずにいた。

「おやおや、意外とかわいらしいところが――」

凄《すさ》まじい殺気のこもった目で睨《にら》まれた。

「ごめんなさいなんでもありません」

ほんのちょっとからかっただけで殺されかねないほど睨まれ、ブルーは慌てて謝った。


そして、寝所内部――

その内装は、人類種族百人に「邪教の神殿ってどんなイメージですか?」と尋ねたら、およそ九十人が頭に浮かべそうなほど、いかにも禍々《まがまが》しさであった。

「なんと恐れ多い……私も入ってよかったのでしょうか?」

キョロキョロと落ち着かないセンタラルバルド。

高位魔族の彼でも、本来はみだりに入ることは許されない。

もっといえば、王族以外の魔族は、本来なら入ってはならない場所なのだ。

「別に構わないよ。見られて困るものがあるでなし。せいぜい初代様のお骨くらいなもんだ」

「それ、重要なものなんですけどねぇ……」

だが、当の魔王のブルーは、そういったものに、大して価値を見出《みい》だしていなかった。

「ごめん、ちょっと一つ思いついたことがあるんだけど」

「なんだ人間？」

「いい、やっぱいい、絶対引かれるから」

「気になる……いいから言え」

　メイを問い詰めるセンタラルバルド。

「あのさぁ、初代魔王の骨って、貴重な魔法アイテムとして高く売れそうじゃない？　竜の骨とか、万病に効くとかいうじゃない？　納税の足しにならないかな？」

「うわぁ………お前、ドン引きだわ」

「だから引くって言ったじゃん！」

　別の意味で、大した価値を見出だしているメイであった。

「はいはい、そこまでそこまで……あ、あった。ここだここだ」

　ブルーが指差したのは、墓所の床の真ん中。

　そこにはなにもない――と思われたが、わずかに、石の色が違った。

「これ……下になにかある？」

　それが隠し扉であることに、メイが気づいた。

「メイくん、ちょっと手を貸してくれ。床石を持ち上げる」

　二人がかりで持ち上げると、そこに小さな階段が現れる。

「どうやら、初代様の私物を、一緒に納めていたみたいでね。降りてみよう」

ブルーが先導し、最下層のさらに下に向かう。

「ここ私が入ってもいいところなんですか!?　それって、とんでもない宝では……」

「売れるかしら」

「だから貴様はどこまで不遜《ふそん》なのだ!!」

王家しか入れぬ墓所のさらに秘所を歩むことになり、縮み上がるセンタラルバルドに、メイがまたしても、銭ゲバ勇者の面目躍如《めんもくやくじょ》な発言をした。

「いやぁ、そんな価値のあるものじゃないよ」

そこに安置されていたのは、初代魔王が愛用した私物、日用品のたぐいであった。

「爪《つめ》切りとか、鼻毛切りとか、孫の手とか……あ、あと老眼鏡とか?　文化的価値はあるかもしれなけど、財宝ではないねぇ」

「魔族も老眼鏡使うんだ……」

老眼鏡を付けて、書類を離したり近づけたりして見ている魔王の姿というのも、シュールなものであった。

「890歳まで生きた、おじいちゃんだったからねぇ」

「だから魔族の時間感覚はよくわからないって……んで、その鼻毛切りを見せに来たの?」

「違う違う、その中にあったんだ、これ……よいしょっと」

並んだ棚の中から、一枚の石盤を取り出す。

「それは……まさか……なんらかの秘術を記した秘法の石盤ですか！」

「ううん、そうじゃないよ」

そこに、この困難を脱する力が眠っているのか、センタラルバルドは期待を込めた声を上げるが、ブルーは即座に否定した。

「日記だよ。初代様、筆まめだったみたいでね。ここにあるの、ほとんどが日記なんだ」

「ここにあるのって……これ全部!?」

驚きの声を上げるメイ。

地下室は、天井こそは低いが、左右はかなりの幅がある。

奥行きとなると、先が見えないほどだ。

その中に、棚は両面ぎっしりと置かれている。

「この棚に置かれている、石の板、全部日記!?」

それは、初代魔王の八百九十年の生涯を綴《つづ》ったものであった。

「およそ九百年分か……なんという膨大な……しかし陛下、初代様の手記ですよ？　これはとてつもない歴史的資料では？」

「う～ん……僕もねぇ、最初はそう思ったんだが……ちょっとあっちの棚の下から三段目くらいを見てくれ」

そう言ってブルーが指差した石盤を、メイは手にとった。

「え、この石盤……？　なにが書いてあるの？」

古代の魔族言語ゆえに、人類では読めなかった。

「それ、初代様が、人間で言うところの十代くらいの頃の初恋の記録なんだ」

「あらまぁ」

「あと、ポエムとか、ちょっと万能感入った詩とか記されていてね」

「人間も魔族も、十代の頃は同じようなことすんのね」

ちょっと初代様を身近に感じてしまう話であった。

「それが二十代頃も同じような感じでね。『僕の考えた最強の呪文《じゅもん》』とかいくつも……」

「あらら～、でもそれってやる人いるわよね……妙に芝居じみた呪文とか考えるの。でも結局は、シンプルに『光よ！』とか『炎よ！』とかの方が使いやすいのよね」

「キミもやったことあるの？」

「……………ノーコメントで」

人類も魔族も、一度は痛い道を通るのは、共通なのかもしれない。

「他にもねぇ、仕事関係のトラブルとか、奥さんとのアレコレとか、後半になるとどんどんグチばっかで、天下人の苦心が透けて見えるよ」

「それはその……なんとも……」

コメントに困るセンタラルバルドに、苦笑いをしつつ、ブルーは言う。

「いろんな意味で表に出せないでしょ？　今や魔神様なんだから」

「王室の権威を保つためには……このまま秘蔵するに限りますな……」

「多分、当時の人も同じように思ったんだろうね」

一応遺品であり、無下にもできないため、地下に隠し倉庫を作ったのだろう。

「あのさ……これはこれでおもしろかったけど、なんのためにここまで来たのよ」

初代魔王の〝人間味〟あふれるプライベートは、興味深いものではあったが、それを見に来た理由が、未《いま》だメイはわからなかった。

「うん……この日記の石盤をね、魔王就任前のおこもりの時、暇つぶしに読んでたんだ」

「おもしろかった？」

「暇だったからね、ないよかマシだったよ。意外と興味深い歴史の真実もあったし。その中で、気になった一節があったのを思い出したんだ……ああ、これこれ」

ブルーが手を伸ばしたのは、初代魔王が王朝を開いたころの日記の石盤であった。

「ああ、六百歳くらいの頃だね。ゲイセント王朝の初代魔王になったころ……正確には、その翌年に、現れたんだ。税天使が」

「なっ……それって何百年前よ!?」

それはおよそ、千年前の話であった。

「あの女……何歳なのよ………」

「人間と魔族の時間が異なるように、天使と魔族も開きがあるのだろう。そもそも、彼女らに、〝寿命〟というものがあるかも、疑わしい」

「それで、初代魔王はどうしたの?」

「うん、日記によるとね……」

初代魔王は、その前にあったゴルドバルン王朝を倒し、自らが新王朝を開いた。

いわゆる、「易姓革命《えきせい》」である。

「滅ぼした前王朝の領土と資産を継承したことで、一気に版図《はんと》が広がった……要は、大幅に収入が増えたようだね。それに天界が目をつけ、納税を迫った」

「そんな頃から同じようなことしてんのね」

「その際に請求された納税額は、とてつもない金額で、まともに支払っては、できたばかりのゲイセント王朝は崩壊の危険があった」

「千年前からあのノリか!?」

初代魔王の日記には、それはもう、悲痛なまでの焦りと嘆きが記されていた。

『もうダメだ終わりだ』『絶望した!』『あの天使、悪魔だ!』などと、それはもう、鬼の目にも涙どころか、魔王の目に血涙の有様であった。

「泣き言と恨み節だけで石盤十数枚に至る」

「気持ちわかるわ～……初代様」

メイは、今この瞬間初代魔王が現れたならば、意気投合して朝まで語りあえる気がした。

「で、こっからが問題なんだ……読み上げるよ？」

「うん……」

「『このままでは、余のみならず、末代まで、アストライザーへの納税義務が課せられる。故に余は、苦渋の決断をすることとした』」

「苦渋の決断……？」

ゲイセント王朝は、初代の死後も、現代まで千年以上続いている。

それは、魔王をして、決断を躊躇《ちゅうちょ》するほどの――だが同時に、税天使の過酷な請求に対抗できる手段が、あったということである。

それこそが、ブルーがわざわざこの場所まで来た理由だった。

「『人間の力を借りることにした』」

「え!?」

「なんと!?」

その答えに、メイとセンタラルバルドは驚きの声を上げた。

「『このことは表には出せぬ、我が王朝の、最大の秘密として、余の墓まで持っていく』」

それこそがもしかして、日記が封印されていた真の理由だったのかもしれない。

魔族が、人類の力を借りて王朝を打ち立てた、決定的証拠なわけなのだから。

「『この事態を解決できるのは、あの税天使に対抗できるのは、古《いにしえ》の法を使いこなす、人間種族の、あの職にある者だけだ』」

ブルーは、さらに日記を読み上げる。

「それは……『そう、幻の職種……〝ゼイリシ〟』」

ゼイリシ——それこそが、勇者でも魔王でもどないしょうもない窮地を脱する、最後の希望であった。

第二章　税務相談、承ります！

人類種族領の辺境の僻地《へきち》に、その里はある。

なんという名前なのか、知る者も語る者もいない。

そもそも、そんなものは最初からないのかもしれない。

「うんしょ、うんしょ……」

その里から、一人の少女が、年老いたヤギとともに、荷台を引きつつ、麓《ふもと》の村に向かう。

彼女の名は、クゥ・ジョ――どこにでもいそうな、田舎娘であった。

「すいません」

彼女が訪れたのは、村の中にあった雑貨屋。

里で自分が育てているヤギの乳と、羊の毛を買い取ってもらうためであった。

「おう、来たのか。今日はどれだけだい？」

店主が無愛想に尋ねる。

「羊毛二巻きに、乳が二ケースです」

「ん……じゃあ、こんくらいだな」

掌中のそろばんをいじり、店主が買取価格を示す。

「え」

その金額は、先月持ち込んだときよりも、目に見えて下がっていた。

「あの……」

その先月の買取値も、先々月より下げられ、さらに先々月も、その前の月より下がっていた。

さすがにこの金額は買いたたきがすぎると、クゥはつらそうな声を上げる。

「もう少し、その、なんとかなりませんか……？」

「何だよ、こっちが買いたたきでもしているって言いたいのか？　ユニオンの価格設定は守っているぞ」

お上が定めた「相場」を守っていると、自分の正統性を主張する店主。

「でも……これは……」

しかし、その価格設定はあくまで「最低限度」、提示された金額は、そのギリギリであった。

「なんだ？　嫌なら別にいいんだぜ」

不服そうな彼女を見て、店主は不愉快そうな顔で返す。

「今はどこも不景気なんだ。これでも買ってくれってヤツはいくらでもいる」

「あ、あの……はい、わかりました……」

ここで買い取ってもらわなければ、今月どころか、今週も暮らしていけない。

持って帰っても、他に買い取ってくれるところはない。

少女はやむなく、その買取値を受け入れた。

「ありがとうございます……」

力なく、店主に礼を述べ、再び里に戻る。


「ふぅ……」

長い山道を戻り、自分の家がある里に帰る。

「メェエエエ～」

年老いたヤギが、少女を案じるように鳴き声を上げた。

「うん、大丈夫」

努めて、明るい声を返そうとしたが、それも最後までもたず、語尾が落ち込んでしまう。

「どうしよっか……このままじゃ、冬を越すのは厳しいなぁ」

ヤギを小屋につなぎ、家に入る。

ふと、室内に飾られている祭壇を見る。

そこには、彼女の先祖と、そして、彼女の家族たちが祀《まつ》られていた。

「お父さん、お母さん、おじいちゃん、おばあちゃん、ご先祖様たち、ただいま。すぐにご飯にするね」

小さな体で、小さな厨房《ちゅうぼう》で、ささやかな食事の準備をする。

わずかな報酬で購入した麦で作った、ミルク粥《がゆ》である。

「いただき……ます……」

たった一人で、食事を始める。

「もぐ……もぐ……」

温かな粥を口に入れるも、部屋の寒さがすぐに体を冷やしていく。

「ふぅ……冷えてきたなぁ……」

壁の隙間《すきま》から漏れ入る風が、冷たさを増しているのが分かる。

「薪《まき》も買わなきゃ……うぅん……そっちは自分で……でも、勝手に取ったら怒られるから、薪拾いに代行で……でもなぁ……最近は、それもできなくなっているし……」

里の周りの山に入って、勝手に枯れ枝などを取れば、麓《ふもと》の村の人たちに怒られる。

今は世界的な不況で、どこの懐も厳しい。

落ちている木切れ一つでも、貴重な資産なのだ。

「ふぅ……」

ふと、気づく。

自分は独り言が多くなっていることに。

話す相手が誰もいないと、声の出し方も忘れそうになる。

それを、どこかで恐れる自分がいて、そうならないように無意識に自衛しているのではと思ってしまった。

と——

「え？」

突如、爆発音が響く、地響きが起こる。

爆発？　とは、やや異なる。

火山が噴火しただとか、火薬が爆発しただとか、そんなものではない。

それとは違う、爆発的な衝撃。

なにかが、空から降ってきたのだ。

「なに、なに、なに、なに!?」

倒れそうになる祭壇を押さえ、崩れそうになる壁を押さえ、手が足りず、ミルク粥の入った皿はひっくり返ってしまった。

ようやく振動は収まり、恐る恐る、家の外に出る。

そこには——

「ここか……？」

そこには、魔王がいた。

全ての魔族を統《す》べる、魔族の王、魔王ブルー・ゲイセント。

クゥは彼の姿を見たことはない。

それでも、こんなとてつもない魔の気配を放てる存在は他にはいないと、本能が教えた。

「ひっ……ま、魔族!?」

「そこな娘、ちと聞きたきことがある。答えよ」

「あ、ああああああ、あああああああ!?」

彼女の存在に気づいたブルーが声をかけるが、クゥは恐ろしさのあまり身動きができない。

ライオンに睨《にら》まれた小リス——どころの騒ぎではない。

巨大なドラゴンとアリンコ以上に、両者の力には差があったのだ。

「そのように震える必要はない。おとなしく、我が問いかけに答えればよいだけ……」

「助けてぇ！　いやぁ！」

魔王は、クゥにさらに言葉をかけるが、地の底から湧《わ》き上がるような恐ろしい声音に少女は耐えられず、悲鳴のような声を、もしくは声のような悲鳴を上げる。

「おとーさん、おかーさん、おばーちゃん、おじーちゃん、ご先祖様たちぃ————!!」

「ちょっと落ち着いて、大丈夫だから、なんもしないから」

慌てふためき錯乱し、泣いて喚《わめ》くクゥを、ブルーは落ち着かせようとするが、余計に彼女は泣き叫ぶ。

「なんもしないって言って何もしない人いないいいいいい!!」

「あ、そうだね。年頃の娘さん的には、それくらい用心深いほうが良いね……じゃなくてね?」

すでにもうこの段階で、「魔王らしい」会話をしていないのだが、一度冷静さを失った人間は、そんなことに気づきはしない。

泣いてばかりのクゥ、慌てふためくブルー、そこにもう一人現れた。

「あなたは……？」

その姿を見て、クゥはわずかに冷静さを取り戻す。

「そこまでよ、魔王！」

「あなたは、まさか……！」

威風堂々としたその姿、理屈抜きでクゥは理解した。

魔の王に対する人類の最強戦力——勇者であると。

「勇者よ、なぜ我を止める!?　我はただ、そこの娘に用があるだけで……」

「だーかーらぁー！」

勇者は、腰に下げた剣を……抜かず、拳《こぶし》を固めると、魔王のアゴを正確にぶん殴った。

「ごっぱぁ!?」

「その無駄に威圧感ある喋《しゃべ》り方やめーい!!」

素手でぶん殴られ、キリモミを描いて吹っ飛ぶ魔王。

「えええええええ!?」

勇者と魔王の戦いって、もう少し特別な感じじゃないのという驚きに、クゥは声を上げた。

「メイくん痛い……徒手空拳《としゆくうけん》でなんでそんな強いのキミ……」

　ふっとばされ、地面に頭を半分めり込ませながら、魔王は泣き声混じりで言う。

「昔アタシが、剣が折れたんで、素手ゴロでストーンゴーレムの群れを倒した話はした？」

「初耳だよぉ……」

「あの～……えっとぉ～……」

　間違いなく勇者と魔王なのだろうが、勇者と魔王らしくない会話を重ねている二人に、ひたすらクゥは困惑する。

「あら」

「びくっ!?」

　と、思ったら、今しがた魔王をぶっ飛ばした素手ゴロ勇者が振り返る。

「ごめんね、怖がらせちゃったわね……ケガない？　立てる？」

「あ、はい」

　恐怖にいつの間にやら腰を抜かしていた自分に、メイと呼ばれた勇者の少女は、意外なまでに優しい声で手を差し伸べてくれた。

「メイくん、僕アゴに良い一撃食らったんで、足がふらついて立てないんだけど」

「そのまま地に這《は》いつくばれ」

　一方、地面から頭を抜いたものの、未《いま》だに上手《うま》く立ち上がれない魔王には、果てしなく辛辣《しんらつ》

に対応していた。

「あの……なんなんでしょうか、あなた方は？」

よくわからないこの両者に、クゥは改めて問いかける。

「アタシは勇者のメイ、こっちは魔王のブルー」

「あ、あのどうも、クゥ・ジョともうします……」

「クゥちゃん、よろしくね！」

明るく歯を見せて笑うメイに、クゥは釣られるように返事をした。

「はい！　あの……お二人はどういったご関係で？」

とりあえずは、それが一番重要事であった。

勇者と魔王なのはわかったが、その二人がなぜ一緒にいるのか？

余人では想像もつかぬ事情があるのだろうと思った。

「夫婦やってます」

「はい!?　今なんて……？」

と思ったら、予想をはるかに超える答えが返された。

「だからね、僕は彼女の夫で、彼女は僕の奥さんなんだ」

「あの……えっと……」

困惑しすぎて、なんと返していいかわからないクゥの頭に浮かんだのは、ブルーの声が、外見に反して意外と若々しいのだなということくらいであった。

「うん、わかる……すごい戸惑っている理由わかる。細かなことはさておいて、質問していい？」

「はい……？」

申し訳なさそうに言うメイ、「それはさておき」と、クゥに尋ねる。

「この村に、〝ゼイリシ〟の一族がいるって聞いたんだけど、ホント？」

「!?」

それが、彼女らが、わざわざこの地まで来た理由であった。

「あの、もしかしてなんですけど……お客さんですか!!」

そしてその問いかけは、クゥにとって――否《いな》、彼女の一族にとって、数百年単位で待ち続けた問いかけであった。

「え？　あ、えっと、まぁ、そーなる……！」

「はわわわわわわわ～～～！！！」

「え、なになになに、急にテンション上げてきたわね!?」

うってかわって、興奮した面持ちで、飛び跳ねるクゥ。

「どうぞどうぞどうぞ、ウチに上がってください！」

「えぇぇぇぇ～？　ちょっと、ひっぱらないでよ～!?」

そして、戸惑うメイの手を取るや、自分の家に引っ張り込んでいった。

「ふむ……？」

置いていかれたブルー、後に続こうとして、入り口の脇《わき》にかかった、あるものが目に入る。

「この看板は……古代文字……？」

それは、彼のご先祖、初代魔王の石盤に記されていたのと同じ、今は読む者もいなくなった、古代の文字で書かれた――


「どうぞ、ヤギのミルクです。お口に合えばいいんですが」

家の中に通されたブルーとメイ、二人に、クゥは自家製のヤギのミルクを出す。

彼女にとっては、精一杯のおもてなしである。

「ありがとう、いただくわ」

その思いやりを感じたメイは、ありがたく受け取り、口に入れる。

ヤギの乳は、牛の乳に比べてやや青臭さがある。

しかし、丁寧に世話をしているからだろう、健やかに育《はぐく》まれたヤギの乳は、水っぽさはなく、濃厚な味わいであった。

「それで、この度は一体どのようなことがございましたか！　財務整理に庶務経理、会計管理に、税務調査対策、なんでもござれです！」

一息ついたところで、クゥはまくしたてるように尋ねてきた。

「そ、それよ、税務調査!!」

「税天使の方が来ちゃったとか？」

初代魔王の日記の石盤に書かれた情報を元に、この里に「ゼイリシの一族」が住んでいることを突き止め、二人はやってきた。

魔王城から里までは距離があったため、ブルーの転移魔法ですっ飛んできたのだ。

その目論見《もくろみ》は正しく、クゥは説明の必要もないほど、こちらの事情を「分かって」いたようである。

「そーなの！！！　今それでしっちゃかめっちゃかで!!」

そして改めて、メイはここまでの顚末《てんまつ》を、クゥに語った。


小一時間ほどかけて、クゥに事情を説明する。

「世界の半分を手に入れようとしたら贈与税の支払いを要求され、税金逃れのために偽装結婚したら、今度は税務調査に入られた」顚末に、やや驚いた顔をしたものの、それを踏まえた上で、彼女は即座に頭を切り替え、対策を練り始める。

「はぁ～～～～一兆イェンですか……税天使さんもふっかけましたねぇ」

「ふっかけられたのよ――!!　お願い、なんとかして！」

こんな小さな子どもでも、ここまですんなりと話を理解できた時点で、メイは〝ゼイリシ〟

こそが、この状況を打破できると考え、全幅の信頼を置き始めていた。

「わかりました、おまかせ――」

「この家に住んでいるのは、キミだけなのか？」

しかし、ブルーの方は、異なる見解を見せていた。

クゥが「お任せください」と言う前に、言葉を差し挟む。

「これだけ騒いでも、他の大人たちが現れない。もしかして、〝ゼイリシ〟の一族は、君が最後の一人なのではないか？」

転移魔法の着地で、大爆発のごとき轟音《ごうおん》を立て、地面すら鳴動させたのに、里の者たちは誰も現れない。

いやそもそも、里の他の建物は、長い間誰も住んでいないのか、クゥの住むこの家以外は、朽ちかけ始めている。

「え!?　そうなの……！」

てっきり、彼女の父親なり母親なり、大人の〝ゼイリシ〟がいるのだと思っていたメイも、ようやく事態を呑《の》み込み始める。

「その存在すら、魔族も人類も忘れかけていた職業だ。こうなってもやむをえないだろう」

「じゃあなに、クゥ、あなたが……あの、引き受けるっていうの？」

不安そうな顔になってしまったメイに、クゥは慌てて取りすがる。

「大丈夫です、ちゃんと勉強してきました！　見てください！」

クゥの家は、小さく狭い。

その室内をさらに圧迫する、棚に並んだ膨大な量の古文書があった。

「先祖代々伝わる、〝ゼイホウ〟に関する書物です！　生きている時は、おじいちゃんやおばあちゃんや、お父さんや、お母さんにも、たくさん教わってきました！」

「でも、その……ねぇ……」

「大丈夫です、信じてください！　〝ゼイリシ〟の一族最後の一人として、お役に立ちます！」

クゥの目は本気だった。

それはもう、間違いなく、純粋に強い使命感を燃やしていた。

だが、しかし……

「……………ねぇ、クゥ？　あなた、今まで他に、仕事を受けたことがあるの？」

「それは……」

一度の実戦経験もない者が、「大丈夫だ」と言っても、それを信じ、頼ることは難しい。

「表に看板がかかっていたね。古代語だったが、あれはなんて書いてあるんだい？」

言葉を失うクゥに、ブルーは尋ねる。

「あれは……その、〝お仕事募集中〟です……」

「書かれた文字が使われなくなるほどの期間、ここには誰も訪れなかったんだね」

「はい……」

「なにがあったんだい？　〝ゼイリシ〟の一族に」

「それは……」

それは——古い話であった。

本来〝ゼイリシ〟たちは、アストライザーと地上の民の間に立ち、古《いにしえ》の契約〝ゼイホウ〟に基づき、納税を管理する、神官のような存在であった。

だが、大きな流れを管理監督するということは、強大な権力と、利権を得るに等しい。

どんな職業の者でも、長く、多く存在すれば、不心得者の一人も現れる。

「ある時、アストライザーへの捧げもののいくらかを横流しし、私腹を肥やそうとした〝ゼイリシ〟がいたそうです。すぐにその者は、同じ〝ゼイリシ〟たちに捕らえられ、追放されたのですが……」

そもそもが、税というものに良い感情を持っている者は少ない。

少なくとも、喜んで納めている者は少数であろう。

いない、と言ってもいいかもしれない。

「〝ゼイリシ〟を、アストライザーの手先と嫌っていた人たちが、それをきっかけに、〝ゼイリシ〟への弾圧をはじめました。神殿は焼かれ、町から追放され、中には、命を奪われた者もいたそうです」

それでも〝ゼイリシ〟たちは、自分たちの使命を忘れなかった。

必ず、自分たちの力を必要とする者たちはいる。

彼らが助けを求める時、自分たちがいつでも動けるようにしなければならない、と。

「この隠れ里を作り、代々〝ゼイホウ〟を伝え、〝ゼイリシ〟の命脈を守る道を選んだんです」

しかし、やはり圧倒的な時の流れに、抗しきれなかったようである。

十年、百年、千年の間に、一族の他の者は死に絶え、残ったのはクゥ一人となったのだ。

「この里に、外から人が来たこと自体、十年ぶりだと思います」

「なるほど」

全てを聞き終えたブルーは、静かにうなずく。

クゥはたった一人で、わずかなヤギと羊を飼い、糊口《ここう》をしのぎながら、いつ来るかわからぬ、「〝ゼイリシ〟を求める者たち」を待ち続けたのだ。

「これは……さすがに……」

メイも、困惑した顔となる。

彼女の興奮した態度も、説明がつく。

ようやく、一族の務めを果たすことができるのだ。

父や母、何代もの先祖たちの思い。それだけではない、こんな僻地《へきち》で、一人耐え続けた日々が、ようやく「報われる」その思いが、彼女を高揚させたのだろう。

（こんなちっちゃな子が、あの税天使に対抗できるとは思えない……かわいそうだけど……）

しかし、メイはどうしても、彼女に頼ることはできなかった。

残念だが、非情な決断を下す。

「クゥ、お邪魔してごめんなさい。ミルク美味《おい》しかったわ。アタシたち、帰るわね」

「え、あの……税務調査の件は……」

「それはこっちでなんとかするわ」

「大丈夫です！　お役に立ちます！　任せてください！」

泣きそうな顔ですがりつくクゥ。

その目を、メイは見返すことはできなかった。

「でも、ね……」

ブルーはマントを翻し、屋外に出ようとしている。

「メイくん、転移魔法を発動させる。今度はうまく着地させる」

「頼むわよ」

クゥを置き、魔王城へ帰還する、そういう意味だと思った。

「お願いします！　お願いします！」

涙を流し、必死で訴えるクゥ。

「ごめん……」

しかし――

「ただ、万が一のことがある。クゥくんが怪我《けが》しないように、君がしっかり抱きかかえておいてくれ」

「え？」

クゥの手を振りほどこうとした時、ブルーが言った。

「魔王城に、クゥくんに来てもらわなきゃならないんだから」

「ちょ、アンタ、なに考えてるのよ！　こんな小さな子が、できるわけないでしょ!?」

その言葉に、思わずメイは反論したが、構わず、ブルーは、クゥに問いただす。

「クゥ……できるかい？　話は聞いたよね、笑い話みたいな話だが、僕の国は今、存亡の危機だ」

「はい……」

「頼って、いいんだね？」

「はい!!」

強い決意を込めて、少女は誓った。

「え～……いや、悪い子ではないと思うけど……」

「がんばります！」

「返事はすごくいい……」

間違いなく、「よい子」であることが分かるだけに、メイはなんとも辛《つら》い心境であった。

「しばらく、僕の城で務めてもらうことになる。準備をしてくれ」

「はい！」

「う～～～ん………」

かくして、再び転移魔法は発動され、三人は魔王城へと向かう。

ただ――

「…………」

三人が立ち去った後、誰もいなくなった里に、少女の影が現れる。

その影は、なにかを確認したかのようにうなずくと、背中の翼をはためかせ、いずこかへと飛び去った。


クゥが魔王城にやってきて、三日が経った――

「うう～～～～ん」

「どうした人間、死ぬのか？」

腕を組み、困ったような唸《うな》り声を上げるメイに、辛辣《しんらつ》な言葉を投げつけるセンタラルバルドであった。

「その前にアンタを殺すわ」

この程度の嫌味、怒りもせずに剣呑《けんのん》に返す。

もはや、ちょっとした軽い挨拶《あいさつ》並みのやり取りであった。

「様々色々と模索したのだがな、やはり増税政策しかないと結論が出た」

センタラルバルドは、手の中にあった今後の財政計画に関する書類を見せる。

「増税？　魔族にも税金あるの？」

「あるに決まっているだろう」

人類種族同様に、魔族にも税制度はある。

支配領内に住む魔族たちから、その収入に応じて一定の率で、金品もしくは物納の形で献上させているのだ。

この〝税収〟が魔王城の収入となり、そこからやはり一定の率に応じて、アストライザーへの〝納税〟が行われる。

ややこしく見えるが、「魔王への税」と「神への税」の二重取りにしないための、古くからの制度なのだ。

「やはり取りやすいものとして間接税が一番だ」

ふむと一息吐《つ》きながら、センタラルバルドが言う。

「関節税？」

「字が違う」

間接税とは、その名の通り、間接的に納める税である。

なんらかの取引の際に課税され、それが最終的に、国家に納められる。

酒税、たばこ税、塩税などがあるが、最も有名なものは「消費行為に課税される」消費税だろう。

「現在魔族領では、10%の課税を行っている」

「100イェンの物を買ったら、110イェン支払わなきゃいけないのね。けっこう高いわね」

「これでも少ないくらいだ。これを35%までにしたい」

「それはさすがにボリ過ぎじゃないの!?　貧乏人には厳しいわよ」

「なにを言う。消費税は平等で公平な税制度だぞ」

消費税――その歴史を語るには、それ以前にあった「人頭税」の話をしなければならない。

人頭税は、一人一人に、定額が課税される制度である。

だが当然、金持ちと貧乏人、老人や子どもや病人と健康な大人では、経済状態に大きな違いがある。

これでは不公平であるということで、生まれたのが消費税なのだ。

「金持ちは金を持っているのだから、消費行動も多い。当然納税額は上がる。逆に貧乏人は使える金そのものが少ないのだから、納税額は少なくて済む。平等で公平ではないか」

「んん～～～～？」

言われても、メイはどうも納得できなかった。

「あのさぁ、でもそれやっぱおかしくない？」

「わからんやつだな」

呆《あき》れるセンタラルバルド。

「だってさ、貧乏人の百倍金持っている金持ちがいたとしてね？　貧乏人がパン一個買ったからって、金持ちは百個買わないでしょ？」

「なにが言いたい？」

「だーかーらぁ……なんていうのかなぁ……」

メイの感じた疑問点は、「税における負担の不公平」であった。

貧乏人は、稼いでもその額は少ないので、全て使って生活に回す。

対して、金持ちは得た収入の全てを使うわけではない。

故に、収入における税負担の割合は大きく異なり、貧乏人のほうが「多い」のだ。

「金持ちだからって、全部使えるわけじゃないじゃない。使わなかったお金はどうなるのよ？」

「それは……」

メイも、自分でもうまく、この違和感を説明できないでいた。

直感で、「なにかおかしい」と思ったに過ぎない。

「問題なかろう。金持ちには金持ちの金の使い方がある。それによって消費行動は発生し、課税も行われる」

「だけどさ、使わなかったお金は、どうなるの?」

「それもいずれは使われるだろう。早いか遅いかの違いだ」

「そうかなぁ……」

納得できない、というように、メイは腕を組む。

「………意外に鋭い」

ポツリと、センタラルバルドがつぶやいた。

「あ? 今なんか言った?」

「なにも言ってない……ところで、貴様と陛下が連れてきたあの娘は、なにをしているのだ?」

「あ〜、クゥね?」

クゥがこの魔王城に来て三日。

彼女は到着してすぐに、経理部——という名の、「書類堆積場《たいせき》」とでも言うべき場所にこもると、それからずっと、書類整理に明け暮れていた。

「何回か差し入れがてら様子見に行ったんだけど、ず〜〜〜〜っと、書類整理してたわ」

それはもう、話しかけるのもはばかられるほどの集中っぷりであった。

「まったく、陛下もなんでまたあんな小娘を……貴様から見てどうなのだ?」

「う〜〜ん」

クゥへの印象は、「よい子」であった。

健気《けなげ》で頑張り屋の、小さな女の子だ。

（悪い子じゃないのはわかる。がんばろうとしているのはわかる。でも……）

一兆イェンに上る課税を、なんとかできるとは、思えなかった。

「無理よね、どう考えても」

「そういうことだ、現実を見ろ」

頼みの綱の〝ゼイリシ〟が当てにならない以上、残された道は、長い時間をかけ、増税をして天界へ分納するしかない。

彼の言う「現実」とは、それであった。

「ちょっと……様子見てくる」

「無駄なことを」

吐き捨てるようなセンタラルバルドの声を背中に聞きながら、メイは部屋を出た。

魔王城、経理部――

「う〜んと……」

そこでは延々と、クゥが膨大な書類……決算報告書の数々と格闘していた。

「いいかしら？」

「あ、勇者様！」

そこに訪れるメイ。

「メイでいいわよ」

正直、メイは自分が「勇者らしくない」自覚はある。

それでも、奇異な目で見て眉《まゆ》をひそめるような者たちにならば、「なんか文句あるのか！」と睨《にら》み返せるが、彼女のような、純粋な憧《あこが》れと尊敬の目で見てくる者には、ちと弱かった。

「あら……この部屋……え……？」

「どうしました？」

「いや、その、随分きれいになったなぁと……」

あれだけ乱雑に、整理整頓《せいとん》の対義語のような状態だった部屋が、床が見えるくらいに片付いていた。

「はい、書類が山積みで、整理されてなかったので、ちゃんと年度別に分けて、各書類の分類からはじめました」

「そ、そうなの……」

なにが書いてあるのかすらわからなかったあの書類の束を、たった一人で、わずか三日で整理したと聞き、メイはたじろぎかけた。

人間の数倍はあろうミノタウロスや、三つ首の魔狼《まろう》ガルム相手でも一歩も退《ひ》かなかった自分でさえ心折られたアレと渡り合い「片した」のだ。

「ゼイリシ一族の教えその一、〝税務とは、整理整頓こそが肝心〟なのです！」

キラキラした瞳《ひとみ》のクゥ。

その眩《まぶ》しさに、メイは圧倒されかけた。

「は～……それで、どんな感じよ？　ちょっとでも、税負担減らせそう？」

当てにはしていないが、彼女がなにも実績を残せず、悲しむところも見たくない。

わずかでも減らすことができたなら、それで十分。

たくさん褒《ほ》めてあげよう、メイはそう思った。

「はい、とりあえず半分にはなりました」

「あ、そう。そりゃよかった……」

すごいじゃない！　と、できるだけオーバーに褒め称《たた》えようとしたところで、動きが止まる。

「…………」

今、彼女はなんと言ったのか、その言葉を、脳内で反芻《はんすう》した。

「…………」

クゥはこう言ったのだ、「とりあえず半分にした」と。

「は!?」

「ですから、とりあえず、請求額一兆イェンを、五千億イェンにしました」

「ちょ、は？　え、えええええ!?　どこをどうしてどうやって!?」

世界には、様々な魔法の使い手がいる。

大魔道士、大賢者と呼ばれ、尊ばれ、畏怖《いふ》の対象となる者もいる。

彼らほどではないが、メイもまた、あまたの魔法を使いこなす。

だからこそわかる。

「どんな魔法を使えばそうなるのよ!?」

こんなこと、魔法を使ったってできることではない。

「説明しましょう」

「わぁびっくりした!?　いきなり現れないでよ!?」

なんの前触れもなく、税天使ゼオスが、突如として背後に現れた。

「わかりやすいところから削りましたね。この城の、家事按分《あんぶん》を申告しますか」

「カジアンブン……？」

「要は、『仕事で使うものか、私事で使うものか』という話です」

知らぬ言葉が出てきて、首をひねるメイに、クゥが解説する。

「んんんんん……？」

が、それでもまだよく意味が呑《の》み込めない。

「えっとですね……このお城って、魔王さんのお城ですよね？」

「そうよ、魔王城って言うくらいなんだから」

「魔王さんのお城……つまり、魔王さんのお家でもある。でも、魔王軍の本拠地でもあるわけですよね」

「うん……」

やはりまだ、クゥがなにを言いたいのかわからない。

「今回の課税、このお城は、全て魔王さんの私有財産であり、私物として解釈されていたんです。ですが、このお城は、魔王さんが魔王さんとして活動するためのもの……なので、〝経費〟として計上することにしたのです」

「う～んと、もうちょっとわかりやすく……」

「ですから」

わずかに、無表情無感情に見えるゼオスが、ほんの少しだけ苛立《いらだ》ちを感じさせる声で割り込む。

「五十年にわたって、この城の運営、維持管理にかかった諸費用を、収入から差し引き、差し引いた分は非課税となったのです」

魔王城はデカイ、バカみたいにデカイ。

敷地面積もかなりのもので、城内のメンテナンスだけで、毎年かかる費用は莫大《ばくだい》である。

先にメイが訪れた地下の墓所にしても、各種維持費だけで相当な金額となる。

それだけではない。

魔王城は、権威の象徴であると同時に、軍事施設でもある。

防衛のための各種施設、設備は多岐にわたる。

中には、「スイッチを押したら大石が転がり出てくる」だとか「落とし穴が開いて底には酸の海が」などといった、無駄に金のかかる独自の仕様もあるのだ。

「そういったもの全てにかかっていたお金が、差し引かれていなかったんです。それどころか、それらも含めて、魔王さんの財産という計算で、税金が発生していたのです」

「ええ～、それおかしいじゃない？　だって、魔王であるために、必要な費用なのに」

ようやくクゥの言っていることがわかってきたメイ。

あの莫大な課税は、莫大すぎる魔王城の経営費用が、まったく考慮されていないどころか、それすらも税の対象として計算されていたのだ。

「本来、税務調査は、人類なら五年までしか遡《さかのぼ》れないんですが……魔族は寿命が異なるので、その十倍まで計算されます。なので五十年……しかもその分の利子も加算されていたので」

「え、利子取ってたの!?」

クゥから初耳の情報を告げられ、メイは不愉快な声を上げる。

「ええ、足してましたよ」

されど、ゼオスは悪びれもしない。

「これも全て、〝ゼイホウ〟に則《のっと》っての計算ですので」

「うががっ……!?」

改めて、背中に冷や汗が流れる。

ゼオスはなにも悪いことはしていない。だますようなことはしていない。

すでに、事前に取り決めたルールに則《のっと》っているだけだ。

だが、問題なのは、そのルールを理解している者が、地上にはほとんどいないということだ。

「魔王城において、魔王さんが個人で使用している部分は、全体の1％にもなりません。他の全ては業務に使用しているものと考え、その維持費と管理費、そして利子、全ての五十年分を差っ引くと、これくらいになるんです」

職業には様々な形式がある。

特に、自ら事業を営むもの――自営業者の場合は、私用と業務の線引が曖昧《あいまい》である。

例えば、自宅兼店舗であったならば、家賃の総額の、業務にかかった割合を、売上から引くことで、課税を減らすことができるのだ。

魔王城の場合は、魔王個人の生活スペースが小さすぎるため、五分五分や七三どころか、99：1が成り立ってしまうのである。

「税天使さん……これは、認められますよね？」

「認めざるを得ませんね。では城の残り99％の維持費、管理費用の五十年分を、〝コウジョ〟いたします」

クゥの申告を、ゼオスは意外なまでにあっさり受け入れる。

「それが……五千億イェン……要塞《ようさい》の運営だもんね、そんくらいはかかるかぁ」

軍隊の維持は、一番お金がかかる。

それを申告していなかったのだから、税も跳ね上がって当然である。

「はっはっはっ……よくやったわクゥ！　アンタはエライ!!　やーいやーいみたかこのムッツリ天使！　くやしがれくやしがれ……」

降って湧《わ》いたとてつもなく莫大《ばくだい》な山の半分が消滅したのである。

メイは大喜びし、ドヤ顔を見せた。

「………」

「眉《まゆ》一つ動かさないわね、なんて可愛《かわい》げのない！」

しかし、ゼオスの表情に、変化はない。

「別に、騒ぐようなことではありません」

それどころか、「ここまでは予測の範疇《はんちゅう》」と言わんばかりであった。

「……では」

そして再び、現れたときと同じように、姿を消した。

「あのアマー……」

ようやく一矢報いることができたと思ったら、相手が毛ほども動じていない時ほど、嫌なことはない。

まだこの後さらに、苦難困難が待ち受けている――ということなのだから。


その日の夕方――

「よくやってくれたクゥくん！　まさかいきなり半額にまでするとは……キミはすごいよ!!」

税額をわずか三日で半分にした――という報を聞いたブルーが、大喜びして現れ、クゥを抱き上げた。

「ふえええええ〜〜〜!?」

「あれ？」

いきなり現れた強面《こわもて》魔王のテンションについていけず、クゥは目を回している。

「バカ！　クゥ、驚いてんじゃないのよ！」

「し、しまった!?　すまない！」

メイに注意され慌てて下ろすも、クゥは足元をふらつかせていた。

「いえいえいえ～、こちらこそすいません……ただやっぱちょっと、その……お顔が……」

頭では分かっていても、髑髏《どくろ》マスクに身甲冑《かっちゅう》の大男は、なかなか慣れるものではない。

「謝る必要ないわよ。コイツの顔、不気味で怖いから」

「面と向かって言ってくれるなぁ」

「しょうがないかぁ、威圧感与えるためのものだからなぁ。次に来るときにはなんとかするよ」

躊躇《ちゅうちょ》ないメイの辛辣《しんらつ》なツッコミに、ブルーは困った顔になる。

「どうするっていうのよ、お面でもかぶるの？」

「ん？　まぁ、それは適当に……それはそれとして……」

話を戻し、ブルーはクゥの方を向き直る。

「よくやってくれたね」

あれほどの巨大な課税額を、わずか三日で半分にしたのだ。

これは、称賛されてしかるべきである。

「いえ、まだです。ここまでは、簡単です」

しかし、クゥは賛辞に喜びこそすれ、そこで終わってはいなかった。

むしろ、これからのさらなる戦いに気を引き締めている。

「簡単って、五千億イェンよ？　魔王城を売っても届かない金額よ？」

「それでも残り五千億イェンあるわけです。それこそ魔王城を売っても納められないでしょう？」

「そうだった……減った額がすごすぎて忘れてたわ……」

元が膨大なのだ。

半分になっても、まだ依然として、絶大な金額であることに変わりはない。

「なので、徹底的に〝ケイヒ〟を計上します。〝カクテイシンコク〟をするのです！」

「カクテーシンコク……なにそれ？」

「知らないんですか？」

「や、やーねぇ、知ってるわよ」

クゥにちょっと残念な顔をされ、メイは慌てて取り繕《つくろ》う。

「あの、あれでしょ？　なんかあの、甲羅の硬い亀《かめ》系のモンスター」

「メイくん……」

「憐《あわ》れむ目で見るな!!!」

だが大失敗し、今度はブルーにまで残念そうな目をされた。

「その年の売上から、売上を得るために使ったお金を差し引いた、正確な利益を算出し、それをアストライザーに報告する儀式です」

クゥが、一から説明を始める。

「その純粋な利益が、収入とみなされ、課税額が決まるのです」

「そんなに変わるものなの」

今まで〝カクテイシンコク〟など無縁の生活を送ってきたメイには、そんなめんどくさい手続きに、どこまで意味があるのか、疑問を感じていた。

「変わります。とてつもなく変わります」

しかし、クゥは熱弁する。

「例えば、年に二百万イェンのお金が入った人がいたとします」

「まぁ……普通のご家庭分の収入ね」

「いえ、これは収入ではありません。あくまで売上です」

それは、多くの人が最も勘違いしている事柄であった。

「なんか違うの？」

「違います。まずここから〝キソコウジョ〟が抜かれます」

「キソ……？」

「基本的な、非課税分です。アストライザーは、全ての収入に課税しようとせず、個人の、税金のかからない収入としていい、自由な部分も設定しているんです。これは、お金持ちでもそうでない人も変わりません」

それ故の〝基礎〟の控除なのである。

「その残りから、お金を稼ぐために使ったお金を差し引きます」

例えば、農家なら鍬《くわ》や鋤《すき》などの農機具を買う。

できた作物を運ぶために馬車も使うだろう。

それを保管する倉にもお金はかかる。

「それらの額が……例えば、七十万イェンだったとしましょう？　これと〝キソコウジョ〟を組み合わせて、さらに他の〝コウジョ〟も差し引くと……だいたい平均して、純粋な利益は、五十万イェンくらいです」

「そうなるとどうなるの？」

「だいたい、年二万五千イェンが、納税額ですね」

これはあくまでも簡単な計算で、実際はさらに、収入額に応じて税率も変わるため、もっと低くなる。

「もし〝カクテーシンコク〟しなかったら？」

「二百万イェンにそのまま税金が課されるので、二十万イェンです」

「は、八倍!?」

明確に提示された金額の差に、ようやくメイは〝カクテイシンコク〟の重要性を理解する。

「〝カクテイシンコク〟は、しないよりするほうが圧倒的に良いのです。そうじゃないと、言われるままの額を納めることに同意したことになりますし、さらに言えば……」

「なに……まだなんかあるの？」

深刻な表情をするクゥを前に、メイは息を呑《の》む。

「その年の税額が、翌年の税額の基準となるので、翌年が百六十万イェンでも、百万イェンでも、変わらず二十万イェン納めなければならなくなります」

「損じゃない!?　ボッタクリじゃん！」

「ボッタクリじゃないんです。これも全て、〝ゼイホウ〟に基づいた契約なんです」

カクテイシンコクは、税を納めない者を出さないようにするための制度。

それが故に、基本的に「取りすぎる」ところから始めるのだ。

「だからこそ、申告制度があるんです。この申告内容を、アストライザーは絶対に聞かなければなりません」

たとえそれがどのような身分卑しき者の申告であれ、絶対神が自分自身に「絶対に」と、課した掟《おきて》でもあった。

「そして、その申告が正しいか間違っているか、偽りか真実か、その真贋《しんがん》を見定める義務は、天界側にあります。だからこそ、言わなければ損なのです」

「ふぅむ」

クゥの話を聞き、ブルーは口元に手を当て思案する。

その視点で考えると、ゼオスの言動も、また別の見方ができる。

彼女は「やり直しは何度でも可能」と言った。

それは同時に「何度でも申告していい」「正しいか間違っているかの調査はこちらが行う」ということでもある。

「〝ゼイホウ〟は想像以上に複雑なもののようだな……シロウトではどうしようもない」

改めて、ブルーは、自分たちが対面している問題の奥深さを痛感した。

「クゥ……」

「はい？」

そして、同じくそれを理解したのだろうメイは、クゥに向き直る。

「ごめん、アタシ、あなたのこと、舐《な》めてた。アンタはすごいコだ！」

「え、あの、そんな……」

「改めて、お願いするわ。アタシたちに力を貸して！」

「もちろんです！　わたしも、お役に立てて嬉《うれ》しいです！」

メイは自分の考えの浅さを恥じ、侮《あなど》っていたことを謝罪し、そして、この小さな少女を、心から信頼し、共に戦ってくれることを願った。

「ふぅ～む……」

「な、なによ……」

その様子を、ブルーは興味深そうに見る。

「いや、キミ、そういう素直なところがあったんだなと……」

「なによ……っ」

「かわいいなぁと」

「なっ……っ」

それは率直な感想であったのだが、メイの、けっこうデリケートな部分をつつくことになる。

「爆炎よ！！！」

真っ赤な顔で爆熱魔法をぶちかまし、ブルーをその背後の壁ごとふっとばした。

「どはぁ!?」

「魔王さーん!?」

驚きのあまり、腰を抜かして半泣きになりながらも、クゥは魔王を案じて叫ぶ。

「ま、まったく……照れ屋さんなんだからぁ……」

とはいえ、さすがは魔王である。

マントを丸焦げにされながらも、軽口を叩《たた》くブルー。

その程度では、「すごく痛い」が、死にはしなかった。

（正直な感想なんだけどねぇ……）

気の強い、傲岸不遜《ごうがんふそん》な、自分のことしか考えない少女と思われたメイ。

しかし、彼女は素直で人のことを思いやれる、優しい心の持ち主であることを、心から愛らしいと思っただけなのだが……

「次同じこと言ったら最大火力でいくわよ！！！」

　さすがに、勇者の全力でぶちかまされたら、次は「すごく痛い」くらいでは済まなそうなので、ブルーは黙っておくことにした。


　次の日。

「というわけで、今日から徹底的な、ケイヒの洗い出しにかかります！」

　残り半分の課税を減らすべく、クゥは本格的に動き始める。

「具体的に、なにをするの？」

「聞き取り調査です。魔王軍の、いろんな人たちが、自覚していないケイヒに関わっているはずなんです」

　尋ねるメイに、クゥは答える。

　ともかく、魔王城の経理は、どんぶり勘定とザル勘定がひどすぎた。

　計上されていない諸経費をまとめ上げるだけで、膨大な控除を得られるはずなのだ。

「おい」

「あ、セイタカアワダチソウ」

「センタラルバルドだ……ああもう、あきらめた」

「がんばんなさいよ」

そこに現れる、不愉快そうな顔の宰相センタラルバルド。

相変わらず、メイは彼の名前を覚えようとしていなかった。

「なに？　アンタも一緒に来るの？」

「私もそこまでヒマではない。これを渡しに来た」

「なにこれ？」

彼が手渡してきたのは、なにかの紋様が描かれた金属製のプレートであった。

「魔王様の印の入った身分証だ。これを持つ者は、陛下の名代としての権利と権限を有する」

「なんでそんなもんを？」

受け取ったものの、メイは怪訝《けげん》な顔をした。

だが、クゥの方は嬉《うれ》しそうであった。

「助かります。これがあれば、魔族の皆さんも、わたしたちの話を聞いてくれますよ」

いかに魔王の肝いりで魔王城入りをしたとはいえ、クゥは人間。

魔族とはついこの間まで戦争をしていた種族である。

話を聞いてもらうのも一苦労であろうし、場合によっては、そのままの意味で取って喰《く》われる可能性すらある。

「ええ～、別にいらなくない？」

しかし一方、メイのほうは「どうでもいい」とでもいわんばかりであった。

「言うこと聞かないなら力ずくでどうにかするわよ？」

「そ、それは最後の手段ということで……」

下手な魔族より魔族な思考の勇者に、クゥは困った顔になった。

「ま、あって悪いもんではないわね。で……そのブルーはどこよ？」

自分たちに全て任せて、本人はどこかでサボっているのかと、メイは疑う。

「ちょっと準備に手間取っているとかでな。昼には合流するそうだ」

なにか別件の用があって同行できないため、とりあえず名代の札だけ、センタラルバルドに渡すよう頼んだようである。

「なんの準備してんだか……ま、いーわ、行きましょ」

「はい！」

大して気にすることもなく、切り替えて調査に向かうメイとクゥ。

「…………ふん」

その二人の姿を見つつ、センタラルバルドは、面白くなさそうに一息吐《つ》いた。

メイとクゥが最初に訪れたのは、魔王城の正面入り口を警護する、オーク連隊の兵舎であった。

「それで、あなた方は就業中に、ごはんを食べたりしますか？」

「おう、喰《く》わなきゃ体が保《も》たねぇからな」

そこでクゥが行ったのは、日頃の業務内容――ではなく、業務時間中に、食事はとっているか、の聞き取りであった。

「どれくらい食べます？」

「だいたい、骨付き肉をこんくらいかなぁ、全員で、牛二十～三十頭はいくぜ」

城の正面を守るオーク連隊。

総数にして数百はくだらない。

人間よりもはるかに巨体のオークたちである、鯨飲馬食《げいいんばしょく》のごとしであった。

「こんなこと聞いてどうするの？」

「はい、福利厚生費です」

「また難しい言葉が出てきたわね」

クゥに尋ねると、また聞いたことのない言葉が返ってきた。

「雇用主が、従業員に対して、よりよく生活ができるように配慮した際に発生した費用も、ケイヒとして認められるのです。それが、福利厚生費です」

「なに？　ごはんのお金もそうだっていうの？」

「はい」

この場合は、魔王の配下として、魔王城の正門を守るオークたちは、従業員であり、彼らの飲食の負担も、経費として勘定されるのだ。

「上限は決まっていますが、この魔王城に勤める魔族の皆さんはすごい数です。その全員分の、五十年分と考えれば、かなりの金額です」

「まじでか……」

「食事補助、ならびに、住宅補助なども、その中に入りますね。あと医療に関するものや、レクリエーションや娯楽の提供なども含まれます」

ただし条件は存在し、あくまで従業員全員を対象としているもの、である。

「それってなぁアレかい？　宴会とかも入るのか？　オラたちけっこうやってんだけど」

話を聞いていたオークの一人が、クゥに尋ねる。

「お酒とかは、どこから調達してますか？」

「城の酒蔵だよ、ここで働いている代わりに、飲み放題って約束なんだ」

「なるほど、それならこれはもう報酬として、人件費として計上できますね」

手に持っていた帳簿に、クゥは素早い動きで書き込んでいく。

「違うの？」

「福利厚生だと上限がありますが、物品による報酬とすれば、まるまる人件費としてコウジョの対象となるのです」

福利厚生費は、あくまで「補助」であって、「支給」ではない。

実際に使った金額の半分という制約もある。

だが、それ以上の支給が行われているのならば、それは「報酬」としてカウントされるのだ。

「要は、税金が減るってことね……ガンガン行こう!!」

二人の「コウジョ」探しはさらに続く。


ところ変わって、魔王城の地下。

墓所とはまた異なる、地下のダンジョンである。

ここには多くの、アンデッド系モンスターたちが配属されていた。

「うぉおおおおお………」

「カラカラカラカラカラ……」

うごめくゾンビやスケルトンたち、彼らもれっきとした、魔王が雇った「従業員」である。

「人語が通じない!!」

とはいえ、会話が可能なレベルの知能はなかった。

なにせ腐っているわそもそも知性がないわという連中なのだ。

「あの～どなたかいらっしゃいませんか？　お話しできる方」

「クゥちゃん度胸あるわね～」

それでもくじけず、意思疎通可能な魔物を探すクゥに、メイは心から感心した。

「ふっふっふっ……このようなところにうら若き娘が二人、吾輩《わがはい》に血を吸われたいのかな！」

ようやくまともな知能を持つ者が現れる。

アンデッド系の中でも上位に位置する、ヴァンパイアであった。

「陽光よ、この手に集え」

無駄に芝居じみた素振りで、二人を怯《おび》えさせようとする吸血鬼に、メイは光の魔法を放つ。

「ぎゃあああああっ!?」

悶《もだ》え苦しむヴァンパイア。

メイの放ったのは、あくまで「光」のみを生み出すもので、攻撃力はない。

「紫外線、紫外線が目に痛い!?」

しかし、太陽の光を呼び出す魔法であり、紫外線も赤外線も含まれるため、太陽を天敵とする吸血鬼にはばっちり効果がある。

「ふざけたこと抜かしていると、太陽神の魔法で全員消毒するわよ」

さらに上位の「太陽神の魔法」となると、灼熱《しゃくねつ》のプロミネンスが骨まで焼き尽くすため、吸血鬼でなくとも死ぬ。

「すいません、ちょっといいですか？」

「な、なに？」

悶え苦しむヴァンパイアに、クゥが申し訳なさそうに尋ねる。

「あなた方は、ここにずっと詰めているんですよね？」

「う、うむ……」

「夜もですか？」

「まぁ、アンデット系の魔族は、ほとんどが夜に活動するからな」

昼なお暗い地下ダンジョンだが、それでも、夜のほうが動きやすいらしい。

「なるほど……ならば深夜手当が加算されるわけですから……オークさんたちの報酬を基本とし、その1・25倍が計上できますね！」

深夜、早朝など、「他の人が休んでいる時間」に働く者には、早朝勤務手当、夜勤手当が支給され、さらに昼勤務の者とは別種の福利厚生が適用される。

それらの費用も、全て控除になるのだ。

「よしよし、サクサク行くわよー！」

「なんなんだよアンタら……」

いきなりやってきて、好き放題やられた吸血鬼、血の気が引いたか青くなっている。

「ガクガク……」

「ブルブル……」

さらには、まともな知性すらないはずのゾンビとスケルトンまで、震えて抱き合っていた。

さらにところ変わって、魔王城廊下――

ここには、対侵入者用に、多くのトラップが備わっているが、他にも「生きるトラップ」とも言える者たちがいた。

「これは……宝箱？」

「ダメよ、クゥ！　それミミック！」

「ミミックってなんです？」

ミミックとは、宝箱に偽装し、開けたものを食らうモンスターである。

箱部分まで含めて本体なのか、空になった箱に入るヤドカリ方式なのか、説は分かれている。

「宝箱型のモンスター……うっかり開けたら、牙《きば》を剝《む》いて襲ってくるわ」

「なるほど」

頷《うなず》いた後、クゥはミミックの箱を開ける。

「ぐおおおおっ！」

「だからあけちゃダメだってば!!　てりゃああ!!」

「ごべぇ!?」

牙をむいて襲いかかるミミックに、メイが慌てて踵《かかと》落としを叩《たた》き込み、フタをむりやり閉じる。

「まったくもう、なにやってんのよ！」

「すいません、お話しを聞きたくて……」

「だからって……」

クゥは真面目で素直な女の子だが、どうも、自身の仕事に関することでは無茶な行動に出やすいようであった。

「い、痛い……」

ピクピクと震えるミミック。

本能的に襲いかかったものの、会話が可能な程度の理性と知性は有していた。

「安心しなさい、みねうちよ」

「踵落としにみねうちってあるのか……？」

「そこはフィーリングで理解しなさい」

ミミックのツッコミも、わけのわからない理屈で返す。

メイの「みねうち」の解釈は、「死なない程度にボコる」である。

「あの、ちょっといいですか？　あなたは、ずっとここにいるんですよね？」

「ああ、二十四時間待機している」

そして、あらためて、ミミックに聞き取り調査を行うクゥ。

「お食事とか、どうされています？」

「侵入者が来ない時は、城の係の人が、メシ持ってくるなぁ」

「いただきました！」

それを聞き、クゥは手をぽんと叩《たた》いた。

「なにが？」

「〝残業〟です。ミミックさんは、他の魔族の方と違って、定時外にも働いてらっしゃいます。その間にかかった食事代などは、全て福利厚生の中に入り、こちらは上限がないんです」

尋ねるメイに、クゥは説明する。

ミミックは、その生態全てが、トラップとして機能している。

自分で移動することさえ、ままならない。

だがそれは逆に言えば、眠っている時も食事の時も、常に侵入者に備えていると言える。

「さらに、仮に一日の半分が労働時間としても、他の魔族の方たちより、１・５倍は働いています。なので、その分の報酬と超過勤務手当が加算されるのです」

「は〜………でも、働いているって言っても、そこらに転がっているだけでしょ？」

自分の思う「労働」の姿と異なるミミックの生態に、メイは疑問を口にした。

「労働とは、実質的な業務にかかった時間だけではありません。それに類する、拘束時間も含まれます」

拘束時間とは、業務において、雇用主の監督下にある時間のことである。

「例えば……ミミックさんには関係ないですが、仕事場まで三十分かかるのなら、その三十分も広い意味では労働時間なんです。だって、お仕事するためにかかった時間なんですから」

「そうなの？」

意外な事実に、メイは驚く。

「はい、ですから。その通勤中になんらかの事故にあってケガをしたら、勤務上の事故として、雇用主は治療費を負担する義務があります」

「は～～～～～………………」

「ミミックさんは、睡眠時間も休憩時間も、魔王城に拘束されているとも考えられます。そこらへんを最大に解釈すれば、かなりのものです」

「なるほど、そりゃいいわ。アンタ」

とりあえず、それらを計上すれば税金が安くなる――その事実さえ分かれば、メイには十分だった。

「他のミミックたちがどこにいるのか、教えなさい」

さっそく、魔王城内部の全てのミミックの集計を取るべく動き出す。

「ミミックに居場所教えろって、ちょっとそれはどうかと思うんだけど……」

生きるトラップであるミミックの職業（？）倫理的に教えづらい話だった。

「なるほど、次は本気の踵落《かかと》としを喰《く》らいたい、と?」

「教えます教えます!!」

しかしメイにすごまれ、慌てて城内全ての同族の場所と数を吐いた。


そしてお昼——

魔王の間に戻ったメイとクゥ。

ふと、メイは気になったことを尋ねる。

「あのさぁ………」

「今日、半日、いろんなところを見てきて、話聞いて、思ったんだけどさ」

クゥが行ったのは、魔王城で働く労働者たちの実態の調査である。

課税額を減らすために彼女が行ったのは、彼らの労働環境に合わせた、各種の保障を洗い直すこと。

その結果、メイは感じた。

「税金って、働いている人に優しくしたら、安くなるのね」

それが、彼女の実感であった。

報酬を支払い、業務に必要な手当を与え、負担の多い人には相応の追加報酬を支払い、皆が楽しく働けるようにする。

それらにかかった費用は、ことごとく「業務に必要な経費」としてカウントされ、税額を減らしていた。

「ええ、全て〝ゼイホウ〟に則《のっと》ったものですよ」

「う〜ん………」

ふと、メイは思ってしまった。

アストライザーと、その僕《しもべ》である税天使。

彼女らが、もし税金を一イェンでも多くせしめることが目的ならば、こんな掟《おきて》は作る必要はない。

人件費も、福利厚生も、超過勤務手当も全て認めず、収益を最大にさせ、そこからがっぽりせしめればいい。

なのに、実態はその逆なのだ。

（まるで、そうするように仕組んでいる……？）

もしそうだとすれば、そうすることに何の利があるのか――どうしてもその疑問が解けなかった。

「とはいえまぁ、この城の会計はザルすぎよね」

「ですねー、どんぶり勘定にもほどがあります」

クゥもさすがに、困ったような顔になっている。

これだけ多くの控除案件があったのに、まったく計上していないのでは、それこそ税額も膨らむ一方である。

「やぁやぁやぁ、二人ともお疲れ様！」

そこに、見知らぬ青年が現れた。

年の頃はメイと同じくらいであろうか、目鼻立ちは整っている方だが、どこか緊張感のない、お坊ちゃん的な青年であった。

「？」

「あン？」

戸惑うクゥ、訝《いぶか》しむメイをよそに、青年はほがらかに、かつなれなれしく二人に近づく。

「お腹へってるでしょ、食事を用意しておいたよ。まずは体を休めてくれ」

「誰、アンタ」

「藪《やぶ》から棒になにを言うんだいマイハニー」

にらみつけるメイに、青年は明るい笑顔で返す。

「てい」

それが腹たったので、とりあえず一発殴った。

「ごふ!?　なにするんだいメイくん!?」

「この殴りごたえ……まさか、アンタ……」

拳《こぶし》から伝わる、見知った感覚。

「アンタ……ブルー!?」

「殴った感覚で人を判断できるのかキミは……一周回ってすごいな!?」

呆《あき》れたような、感心したような顔で笑う謎《なぞ》の青年――否《いな》、ブルー。

「ま、魔王さんなんですか!? でも、その……?」

知った姿とのあまりの違いに、クゥも驚く。

「うん、いつものあの格好は……その……仕事着みたいなものでね。こっちがプライベートバージョンなんだよ」

全身ヨロイに髑髏《どくろ》の甲冑《かっちゅう》。

いかにもな、「魔王」ルック。

それらは格好だけでなく、代々の魔王に伝わる宝具にも等しく、付けているだけで、人類はおろか、魔族すらも圧倒する効果を持つ。

「人間とほとんど変わらないですね……」

「うん、ツノや尻尾《しっぽ》はあるけど、隠せるんだよ」

それらの脱着は意外と手間がかかり、それで彼は午前中動けなかったのだ。

「………」

しかし、今まで見てきた姿との変わりように、メイは戸惑いを隠せなかった。

「あ、驚いた？」

「それがアンタの本性か……なんというかこう……締まりのない間抜け面ね」

「キミは本当に容赦ないなぁ」

「ふん………」

とはいえ、それほどまでの意外さを、メイは感じなかった。

むしろ、外見は強面《こわもて》だが、なにげに気さくなブルーの「本来の姿」と言われれば、納得するほどであった。

彼女が引っかかったことは、もう一つあったのだが――

「この姿なら、怖くないかな、クゥくん」

「ごめんなさい……お気を使わせてしまって」

「気にしないでくれ、あの格好はあの格好で、肩こるんだこれが」

ブルーにとっては、堅苦しい姿をしないでいい理由ができて、むしろ助かったのだ。

「さぁさぁ、座って座って、ごはんにしよう」

あらためて、昼食を取ろうとする一同。

「はい！」

「そーね」

「いただきます」

だが、声が一人多かった。

「ん？」

ブルーが疑問に思い、クゥを見る。

「わぁ!?」

クゥは自分の隣を見る。

「どうも」

そこにいたのは、神出鬼没の税天使ゼオスであった。

「どっから湧《わ》いた？」

ツッコむメイに真顔で答えるゼオス。

「壁の隙間《すきま》からスルリと……」

「マジで」

彼女ならばやりそうである。

「冗談です」

「冗談言う時はそれっぽい顔しなさいよ……」

相変わらずの感情の見えない彼女に、メイはひたすらかきまわされた。

「いろいろと頑張っているようですね。半日で、一億イェンは節税できましたか」

「うっ……あ、当たりです……」

「全部お見通しってわけ？　まったくいけすかない」

すでに午前中のメイとクゥの行動は把握済みだったのか、それどころか、節税額の大体の数字まで、言い当てる。

「まだ正式な計算もしていないのに……さすが税天使さん」

「えへんすごいでしょう」

感心するクゥに、ゼオスはやはり感情を見せないまま胸を張った。

「無表情でそういうセリフを言わないでよ、扱いに困るわ」

一体何を考えているのか、古代の掟《おきて》〝ゼイホウ〟以上に底のしれない税天使であった。

「〝ゼイリシ〟の一族……その力は、健在だったようですね」

そんなゼオスは、クゥに目を向けると、わずかに目を細めてつぶやく。

「んで、そのことも知ってて、だんまり決め込んでたわけ」

その口ぶりから、やはりゼオスは最初から、天界からの追徴課税に対抗できる者が、地上にいることを知っていたと察し、メイは非難する。

「聞かれませんでしたので」

「知らなきゃ聞きようがないでしょ!!」

「それはそちらのご都合です」

「き――――――！！！」

しかし、ゼオスは動じない。

それどころか「それがなにか問題でも？」とそらっトボケる始末である。

「あの、税天使さんは、わたしの一族のこと、知っているんですか？」

すでに地上の民からも忘れられていた、自分たちの一族のことを知っていたことに、どこか嬉《うれ》しそうに、クゥは問いかける。

「ええ、千年前、初代魔王へ徴税に赴いた際、やりあいました」

そして、やはり窺《うかが》いしれない無表情で答えた――

「……ふふ、懐かしいですねぇ」

と、思ったら、静かに、しかしどこか不気味な笑い声を含ませる。

「その時のゼイリシと、あなたはよく似ている。おそらく、あなたのご先祖様だったのでしょうね」

クゥの顔に、千年前彼女と相対した〝ゼイリシ〟を重ねているのだろう。

しかし、その笑顔は、懐かしさはあれど、好感とはまた異なるものであった。

「あの時……初代魔王は、急激な収入の増加により、莫大《ばくだい》な納税を迫られました。ですが、あなたの先祖はあの手この手を駆使して、納税額を大幅に引き下げました」

むしろ、長い時の果てに巡り合った、仇敵《きゅうてき》との再会を喜ぶようであった。

「クゥのご先祖様に、大負け食らったってことね」

「…………」

「なによ」

今までどんな皮肉を投げても、欠片《かけら》も動じなかった彼女の、奇妙な無言に、言った方のメイがたじろぐ。

「いえ……勝ち負けで私は動いていませんので。ただ、本来の目的額を達成できなかったという意味では、〝負け〟と言えるのかもしれませんね」

「ほう……」

彼女にしては珍しく、素直に、メイの言葉を肯定した。

そのことに、ブルーは意外そうな顔になる。

「あれから千年……私も税天使としての使命を果たしてきました。その中で、あれほど私に迫った地上の民はいなかった」

「そうですか……ご先祖様、すごかったんですね」

懐かしそうに語るゼオス。

自分の先祖を褒《ほ》められたと、クゥは顔をほころばせた。

「だから」

「え」

だが、ゼオスは決して、クゥが思ったような、「良い思い出」として語っているわけではなかった。

「今度は、同じようにはいきません」

「う…………」

むしろ、千年前の雪辱を、子孫で果たさんとしていた。

「クゥ、下がってなさい。なに？　このコになんかするつもり？　やるってんなら、アタシが相手になるわよ」

「勇者メイ、あなたの装備は、大変高価なものばかりですね」

「なに言い出すのよ」

クゥをかばおうと一歩前に出たメイに、ゼオスは刃《やいば》のように冷たい視線を投げつける。

「その光鱗《こうりん》の鎧《よろい》、青玉の盾、そして光の剣……どれもこの世に二つとない至宝です」

「まさか……」

一つ一つ、品定めするように、メイの持つ装備に目を向ける。

その意味を察し、クゥの顔が緊張にこわばった。

「あなた、それらをどのようにして手に入れましたか？　それに関しての贈与税は納められましたか？」

「ちょ……勇者の装備にまで課税しようっての!?」

「高額な金品の受け渡しには、税が発生します。言ったでしょう？」

突如として、メイの持つ、天下に二つとないレア装備の数々にまで、課税をしかけてきた。

「ぐぬぬ……」

「あなたの調査もしましたよ。勇者メイ、あなたは金を惜しむあまり、経費は最低限に留めている。今どきソロの勇者をしているのも、人件費の削減のため」

メイの銭ゲバっぷりは、他人にもそうだが、自分にも当てはまる。

なにせ、旅費を削るために基本野宿。

パーティーを組めばカネがかかるので、単独で修練を積んで、魔法も剣技も徒手格闘技もマスタークラスになるまで研鑽《けんさん》を積み、一人で魔王城までたどり着いたほどである。

だが、それが裏目に出た。

「あなたの持つその装備は、一体いかほどの価値があるのでしょうね？」

全て一人で行い、必要経費を最低限に収めたということは、それだけ控除も少なく、翻《ひるがえ》って、課税額が上がるということなのだ。

「待ってください！」

「なんですか？」

しかし、それをクゥが制する。

「分かって言っているんですか？　それとも、分からないふりをしているんですか？」

「何のことでしょうか」

クゥは、ゼオスの追求に、大きな「穴」があることを指摘した。

「メイさんの装備はこの世に二つとない至宝……ですが、それがゆえに、勇者以外の人が使うことはできません！」

仮に武器屋に持っていったとしても、『それを売るなんてとんでもない』と、買取を拒否されるだろう。

「したがって、メイさんの勇者の装備は、資産価値ゼロです！」

「価値ゼロ⁉」

悪意がないことは分かるが、自分が血道を上げて手に入れた武具装備を「価値なし」と言われ、メイはちょっとショックだった。

「この場合、仮に勇者に継承されるものとして、相続税を適用させようとしても、いうなればおばあちゃんの手作りの手袋のようなもの！　個人にとっての価値はあれど、市場価値がない以上、課税はできません」

「おばあちゃんの手袋扱い⁉」

神話の時代から伝わるという伝説の武具のスケールダウンっぷりに、メイは再び、ショックを受ける。

「おやおや……それは無茶ではありませんか？　光の剣……その装飾の美しさ、それはもはや単独で芸術品と言えます。使えなかったとしても、宝剣としての価値はある」

クゥの反論に、ゼオスは「武具としてではなく、芸術的価値」で攻める。

「そうですね。でも、勇者の装備というものは、人類種族の代表である勇者のモノ……それは同時に、人類全体の共有資産と言えませんか？」

「なにを言い出すのです」

しかし、それもクゥの予測の範囲内。

今度は「所有権」の定義に絞ることで、跳ね返そうとする。

「メイさん！」

「はい、なんでしょうか!?」

クゥは、日頃はおとなしい、気の弱そうな少女だが、こと〝ゼイリシ〟の職務に関わると、ガラリと変わって強い意志を示す。

それは、百戦錬磨の勇者メイすら、敬語にさせるほどであった。

「その剣や鎧《よろい》、どのような経緯で手に入れましたか？」

「ええ～……確か鎧は、聖霊の森の試練を超えて、サラマンドラ倒して手に入れて……剣は、今は滅びた王国の地下神殿で、番人のダークドラゴン倒して手に入れたよ」

勇者の装備がレアなのは、数が少ない以上に、入手することが恐ろしく困難だからなのだ。

ゆえに、無理に強力な装備を得るのではなく、そこそこの装備で、兵団を築く勇者が昨今では主流になってしまったほどである。

「その装備、前の持ち主は、どうなったんです？」

「え～……う～んと、勇者の務めを終えた後に、『次代の者たちに託す』って、神々に返したって聞いたよ？」

勇者の、それも「勇者しか装備できない専用装備」は、神々の元に戻された後、再び、次の代の勇者が試練を超えて手にする倣《なら》いとなっている。

それこそが、クゥの知りたかったことであった。

「なるほど……聞きましたか、税天使さん」

「………」

彼女の問いかけに、ゼオスは無言で返す。

「メイさんは、先代の勇者さんから相続したのではありません。むしろ先代の勇者さんも、使い終わった後、返却したのです。すなわち――これは、レンタルと考えられます！」

「勇者の剣、リース扱い!?」

価値ゼロ、おばあちゃんの手袋に続き、リース品にされ、メイは三度ショックを受けた。

「したがって、メイさんの勇者の装備は、個人所有の財産ではなく、業務に必要な備品を、レンタル品で補ったということになります」

所有権も含め譲渡されたのならば、そこに贈与税は発生するが、あくまで一時的な借り物であり、返却の義務を有しているのなら、課税対象にはならない。

「ゆえに、そこに相続税も贈与税も資産税も入り込む余地はありません！　むしろ、それを借り受けにいくためにかかった諸費用を、ケイヒとして申告します！」

「なんだか……なんだかなぁ……」

熱弁を振るうクゥに反して、メイは複雑な気持ちであった。

あれだけ輝きを放っていた光の剣が、どこかくすんで見える。

「異論はありますか？」

「やりますね」

クゥに問われ、ゼオスは返す。

眼差《まなざ》しは冷たいままであったが、その返答は、クゥの勝利を認めるものであった。

「いいでしょう、勇者メイの装備は、使用貸借契約によって借り受けたものと判断いたします」

突如繰り出されたゼオスの課税攻撃を、クゥはしのぎきったのだ。

「私の名前はゼオス・メル、税天使のゼオス・メルです」

しばし無言になった後、ゼオスは、突如改めて、自らの名をクゥに告げる。

「えっと……ゼイリシの、クゥ・ジョと申します」

名乗られたので、慌てて、クゥも名乗り返した。

「クゥ・ジョさん……大したお手並みです。ゼイリシの一族の叡智《えいち》は、まだ健在であることていた。


を、嬉《うれ》しく思います」

「それは、どうも……！」

いつも慇懃《いんぎん》に、バカ丁寧なくらいのゼオスであったが、この時は心から、相手に敬意を表していた。

だがその敬意は、決してただの親愛ではなかった。

「なればこそ、私も全力を出せます」

「!?」

宣戦布告――自分が全力をもって戦うに足る相手、そう認めた上での敬意であった。

「優秀なゼイリシでしょうが、果たして今回の調査、しのぎきれますかね？」

「うっ……」

ゼオスの気迫を前に、クゥはたじろぐ。

「なによ！　すでにこっちは半分以上削ってんのよ！　そっちこそ、謝る用意しておいたほうがいいんじゃない！」

「メイくん、彼女の言うとおりだ」

メイは、援護射撃とばかりに声を上げたが、ブルーはすでに事態の深刻さを理解していた。

「なによアンタまで!?　こっちは今日、半日で一億イェンのコウジョを見つけたのよ！」

一億である。それだけで、ちょっとした村が一生食っていける金額だ。

「お忘れですか？　期限は九十日……正確にはあと八十と六日です」

「うっ……」

だが、残る税額五千億イェンの前には、それすらも雀《すずめ》の涙なのだ。

「仮に今日と同じペースでコウジョを洗い出したとして、一日二億イェン……納税の期日までに、１７２億イェンしか控除できません」

残る４８２８億イェン、それだけでも魔王城を破綻《はたん》させるには十分な額。

「ぐぐぐっ……！」

その額をあらためて突きつけられ、メイは言葉を失う。

「期日内に……せめて納税可能額まで削れるかどうか……」

そして、ブルーもまた、冷や汗を垂らす。

ただでさえ経済状態がかんばしくない魔王城。

全ての資産をかき集めても、請求される納税額の十分の一にもならない。

「できます」

だが、それでもクゥだけはくじけていなかった。

「ほう？」

そんな彼女を、ゼオスは興味深そうに見返す。

「わたしの一族の教えにあります。〝税とは、誰かを苦しめるためのものではない〟と」

それは、今は彼女一人だけになった、〝ゼイリシ〟の一族の教えであった。

神の名を騙《かた》って、暴利を貪《むさぼ》る卑しき者ども――そう言われ続けた一族が、なおも守り続けた、プライドであった。

「見つけてみせます。みんなが納得できる、みんなが幸せになれる道を見つけます！」

「…………ふふふふふ」

再び、ゼオスは笑う。

しかも先程よりもなお、大きく、滑稽《こっけい》な者を目の当たりにしたような笑みであった。

「この女、笑顔の方が余計怖い……」

不気味さを覚え、メイは頬《ほお》をひくつかせる。

「いいでしょう、お手並みを拝見させていただきます」

そんなメイの言葉には取り合わず、ゼオスは背中を向け、退室しようとする。

「せいぜい、あがくことです」

「うう……」

背中越しに、クゥへの挑発の言葉を発し。

「では失礼いたします……ごちそうさま」

最後に謎《なぞ》の言葉を残し、今度こそゼオスは姿を消した。

「ごちそうさま？」

「あー、あの天使！」

首をひねるブルーの横で、メイはその言葉の意味を理解した。

「いつの間にか昼ごはん全部食っていった!?」

「いつの間に!?」

まったくそんな隙《すき》などなかっただろうに、目にもとまらないどころか、知覚すら追いつかない早食いであった。

「底意地の悪い天使ね。わざわざクゥを脅しに来たのかしら」

「それだけだろうか……どうも彼女は、底が読めない」

「底なしの陰険ってことよ」

悔しげにメイは悪態をつき続けるが、ブルーは彼女になにか別の思惑を感じ取っていた。

「だが、彼女の言う通り、今のペースでは、期日内に支払い可能な額に納めることはできない」

「大丈夫よ……クゥ、そうよね！」

この数日だけで多大な戦果を上げたクゥを、メイは心から信頼していた。

「難しいです」

「えー！」

しかし、その返事はかんばしくないものであった。

「先程、天使さんが言ったように、控除額を積むのにも限界があります」

「じゃあ、どうすんのよ」

今日半日で、一億イェンの控除を洗い出した。

しかし、控除の洗い出しには限界がある。

元からザル会計だったと言っても、無尽蔵にあるわけではない。

実際は、最終日までに掘り尽くしても、千億イェンあるかもあやしいだろう。

「でも、帳簿等を調べ、さらにいろいろ聞き取りして、分かったことがあります。まだ方法はあります」

しかし、クゥに策がないわけではなかった。

むしろ、今日までの調査で、控除を洗い出す以上の方法があることに気づいていたのだ。

「あるんだ？　よかった！　なに？　どんな方法でもやるし、やらせるわよ、ね！」

「やらされるんだね」

その気になれば鉄拳《てっけん》と爆裂魔法で脅してでも、魔王城総出で行わせる勢いのメイに、ブルーは反論こそしなかったが、ため息はついた。

「なら……方法は一つです」

「ふむふむ」

クゥが明かした、その方法とは――

「借金をしましょう」

「はい!?」

出てきた言葉の意外さに、メイは間抜けな声を上げて固まった。

第三章 無駄じゃない、無駄遣い

Brave and Satan and Tax accountant

人類種族領にある、中堅国家ロコモコ国——

領土も人口も中の下な国だが、街道の要衝にあり、港も整備されていることから、商業国家としては、国家規模以上の経済的影響力を持つ。

その国の王城にて、ロコモコ王は、今年の中期決算書を前に、ため息をもらしていた。

「不況が続くのう」

ロコモコ国は商業の国。

安く品を仕入れ、高く買ってくれるところに売る、その基本で成り立っている国である。

しかしながら、人類種族領は、長い不況にあえいでいた。

買ってくれる人が少ないので、品が売れないのだ。

「まったくです。魔族との戦争は停止したものの、先の見えぬ不況で、息苦しさを感じます」

同じくため息を吐《つ》く大臣。

港の倉庫には、買い手のない品が溢《あふ》れ、ホコリをかぶっている。

このままでは、小中はおろか、大商店も廃業の危機である。

そうなると、国家への影響も甚大である。

税収は下がり、仕事のない労働者が溢れ、貧困から治安の低下を招く。

「こうなると、やはり無駄金は使えんな」

先が見通せない以上、一定の資産を確保しなければ、国家の信用に関わるのだ。

「ですね、いっそうの倹約令を発布し、国庫を満たすことを目標としましょう」

「う〜ん……それはできれば避けたいのだがなぁ」

大臣からの進言を、王は苦い顔で返す。

「しかし、ユニオンに睨《にら》まれたらおしまいですぞ？」

「そうなのだ……なんかいい方法ないかのう」

ロコモコ王が深く長いため息をついた直後、それは起こった。

爆発――

「なんじゃーい⁉」

突如、城の壁が爆発粉砕され、なにかが飛び込んできた。

もうもうと上がる爆煙、その中に、人の影がある。

驚くべきことに、大砲や爆弾ではなく、誰かが、すごい速度で飛んできて壁を突き破って現れたのだ。

「どうも」

現れたのは、魔族の長、魔王ブルーであった。

「き、貴様は魔王!? な、なにゆえに我が城に!!」

「停戦になったんじゃないのか!?」

魔族と人類の戦争は、停戦の知らせが出された。

しかし、それを鵜呑《うの》みにしている国は少ない。

あくまで「薄氷の上の平和」なのだ。

「おのれ魔族め、一方的に約束破りか！　者どもかかれい！」

「ははっ!!」

中の下でも一国の王である。

ロコモコ王の号令一下、兵士たちが駆けつけ、剣を抜き槍《やり》を構えた。

「あの～、すいません。ちょっと落ち着いてください」

ブルーは、決して争いに来たのではない。

だが、彼のこの時の姿は、よそ行き姿。

例によっての髑髏《どくろ》仮面の全身甲冑《かっちゅう》である。

「かかれー！」

「うおおおおお！」

兵士たちが突撃しようとしたその時――

「そこまでよ」

魔王の影から、一人の少女が現れる。

「なにっ⁉」

一瞬、閃光《せんこう》がひらめいたかと思ったら、十を超す兵士たちの剣と槍が、全て叩《たた》き折られた。

「相変わらずここの国の兵隊は、やっすい武器使ってるわねぇ」

「お、お主は……」

現れたのは、メイであった。

わずかに振るった愛剣「光の剣」を、腰の鞘《さや》に納める。

「あ、ロコモコ王ひさしぶり」

ロコモコ王とは、以前に面識があった。

可能な限り陽気に、かつ朗らかにメイは挨拶《あいさつ》をしたのだが………

「勇者メイだああああっ！！！」

「たすけてぇええええええ‼」

「死にたくねぇええええ」

魔王を前にしても、戦意を折らなかった国王と大臣と兵士たちが、そろってパニックを起こし、上を下への大騒ぎを始める。

「いや、あの、アンタたち？」

頬《ほお》をひくつかせながら、メイは声をかけるが、混乱は止まらない。

「許して、どうか命だけは!!」

「家族が、家族がいるんです!」

「うちには年老いた母が!」

戦意喪失どころか、逃げることさえ諦《あきら》めたか、兵士たちは地に這《は》いつくばり命乞《いのちご》いを始めた。

「なんで僕の時より恐れられてんだキミは」

「いや、あの、まぁ、前来た時に、ちょっと色々とね」

呆《あき》れるブルーに、メイは言いにくそうに口をモニョモニョさせた。

「まだなにか用か!? 金なら、延滞金も含めて払ったろうが!」

「金?」

泣き叫ぶロコモコ王の言葉に、ブルーは再びメイを見る。

「いやね、前にこの国に巣食う魔獣討伐を請け負ったんだけど、礼金しぶりやがったんで……その、ちょっと強めの説得を……」

勇者というのは、国際認定制度によって、資格と適性のあるものがなれるが、活動費などはほとんど支給されない。

実態は個人事業主に等しい。

活動費も生活費も、全て自分で稼がねばならない。

そのため、各国を回って、様々な依頼を受けるのだ。

「またアレか、『デスチャイルドの悲劇』を起こすつもりか！」

なにかおぞましい過去を思い出したのか、顔面蒼白《そうはく》で叫ぶロコモコ王。

「なにそれ？　なんかすごい、危なげなワードが出てきたんだけど」

「いやあの、最大出力で爆裂魔法ぶちかまして、山一個消した」

「ええ………………」

勇者の所業とは言い難いメイの返事に、ブルーがドン引きする。

「だってさぁ！　金銭問題は人間関係を悪化させる一番のものじゃない！」

「だからって魔王の僕より大魔王みたいなことしないでよ！」

ボケとツッコミの漫才のような会話を繰り広げる二人を見て、ロコモコ王は不審な顔になる。

「おい、勇者メイよ……なぜ、魔王と一緒にいるのだ？」

「あ、どうも、妻がお世話になっています」

「妻ァ？」

返ってきたブルーの言葉に、ロコモコ王は目を剝《む》いて驚く。

「こいつと結婚したの」

「結婚!?」

さらにメイの言葉がかぶさり、玉座から転がり落ちんばかりによろめく。

「まったく意味がわからん……」

呆然《ぼうぜん》とするロコモコ王。

魔族との停戦が突如決まった理由は明かされておらず、それゆえに人類種族の国家は未《いま》だ和平ムードとはなっていなかったが、それが勇者と魔王の結婚だったなどと、想像できるものなどいるはずもない。

「おぬし……すごいことするな」

ざざっと大雑把に事情を聞き、呆《あき》れを通り越し、ロコモコ王は感心していた。

「まーね」

無駄に自慢気にふんぞりかえるメイ。

「褒《ほ》めとらんのだがのー………ったく、おぬしのように好き放題生きてみたいわい」

「なによ、王様のくせに」

「王がどれだけ大変かわからんというのは、幸せなことなんじゃぞ？」

庶民からすれば、王侯貴族など、毎日遊んで暮らしているイメージだが、責任のある立場の者というのは、その地位にあらねばわからぬ苦労があるのだ。

「あ、わかります……神経すり減りますよね」

「あ～、わかってくれるか……」

人と魔の違いはあれど、同じ王であるブルーが、我が事のように賛同した。

「で……なにしに来たんじゃおぬしら？　この国に侵略――ではなさそうじゃが？」

魔王よりも厄介な勇者がやってきたことで、却《かえ》って冷静になったロコモコ王は、あらためて二人の訪問の理由を聞く。

「それはですね、折り入ってあなたにお話がありまして……国債を買ってください」

「は？」

魔王と呼ばれる男の口から出てくるものとして、あまりにも予想外なものに、ロコモコ王は耳を疑った。

「説明はわたしがします」

そのタイミングを見計らって、クゥがブルーの背後から現れた。


時を、少しだけ巻き戻す——


魔王城にて、ゼオスが帰った後、今後の課税対策の方向を話し合っていたメイたち。

そこでクゥが言い出した言葉に、メイは驚く。

「借金をする!?」

「はい」

彼女はこともあろうに、「金がないから税金が払えない」状況で、金を借りようと提案したのだ。

「どういうことよ……税金を払うために、どっかからお金を借りるってこと？」

「違います。〝納める税金を少なくする〟ために借金をするんです」

「わからない……」

このままでは税金が支払えず、天界に借金をしてしまい、その返済に何百年もかかるかもしれない、そういう状態なのだ。

なのに借金をするなど、見当外れにも程があるのではないか。

「魔王さん、魔王城は、この二十年くらい、かなりの緊縮財政を行っていますね」

「うん、うちも経営難でね」

だが、クゥは決して、ずれたことを言っているのではなかった。

「それが問題なんです。お金が余っちゃっているんです」

「お金が余るって……いいことじゃない？」

魔王城は倹約を繰り返し、「無駄なお金」を使ってこなかった。

ブルーが即位してずっと、二十年間もである。

「無駄遣いをしない」を美徳と考えていたメイには、少なくとも間違いとは思えなかった。

「それがそうともかぎらないんです」

「無駄遣いしたほうがいいってこと？」

しかし、クゥの考えは違った。

「〝ゼイホウ〟においては、実はそうなんです」

「えええ？」

無駄遣いはいけない、どこのご家庭でも親が子を叱《しか》る時の常套句《じょうとうく》だ。

くだらないオモチャだとか駄菓子などを買って、それを見つかって怒られるなど、人類も魔族も共通する話であろう。

それを、クゥは「いい」と言っている。

「ううん……ああ、なるほど、そういうことか、儲《もう》けすぎたと判断されるのか」

「そうなんですよ」

わけのわからないメイをよそに、ブルーはひと足早く、その言葉の意味するところを察した。

「なによ……二人だけわかった顔しないでよ～。さみしいじゃん……」

「メイさん、違いますから……えっと、倹約する、経費を抑えるって、どういうことだと思います？」

「だから、無駄遣い止《や》めるってことでしょ？」

この数日で、それくらいのことは、メイも理解していた。

「はい、例えばですね……１００イェンのリンゴを売っているお店があったとしますね？」

「うん」

メイにもわかりやすく、簡単なたとえ話を、クゥは始める。

「仕入れに50イェン、その他経費で30イェン、一個売ることで、20イェンの儲《もう》けです」

「それくらいわかるわよ」

「この経費を半分にすれば、儲けは35イェンになります」

「だからそれくらいわかるって」

「もし税率が、儲けに一律一割で課税されたとしたら?」

「それは……あ!」

ようやく、数字に疎《うと》い彼女にも、言っている意味がわかりかけてきた。

「はい、倹約したことで、二倍近く税金が増えるんです」

経費を削減すれば、儲けは増えるが、税は儲けにかけられるため、経費削減を行わなければ2イェン、行えば3・5イェンと、倍近い額に増えるのだ。

「なんか釈然としないなぁ……頑張って倹約したら損するようなもんじゃない?」

「ええ……まぁ理由はあるんですが……」

これではまるで、〝ゼイホウ〟は、無駄遣いを推奨しているようなものである。

その事実に、メイはどうも納得できなかった。

「魔族が総出で倹約を行ったことが、積もり積もって税金を上げる結果になったのか……」

人件費を削りすぎて人手不足になり、設備投資も行わなかった結果、城内の施設の大半は耐用年数を超えて使用不可能になり、そこまでやった結果がこれであった。

「このまま、経費を洗い出しても、限界があります。なら、今からでも使いまくって、ケイヒを増やせばいいんです」

無駄遣いをやめたことで、納める税金が増えたのならば、今からでも使えば良いのだ。

「しかし、国庫の資産にも限度がある。使えるお金はあまりないよ」

そもそも、経費削減を行ったのは、収益が少ないからである。

少ない収益でやりくりするため経費を削減し、その結果翌年の収益が減ってしまった。

それを二十年間やってきたのだ。

上がったのは、税金だけである。

「だから借金をするんです」

「税金払わないために、お金借りて無駄遣いしろってこと？」

税金は減っても、借金が残る。

それでは意味はないと、メイは思ったが、クゥの返答はさらに異次元のものだった。

「無駄遣いじゃない無駄遣いをするんです」

「クゥ……あなたはすごくいい子だと思うんだけど、謎《なぞ》掛けが難しいの……」

彼女の思考を察するには、メイの知能では限界がありすぎた。

「まぁまぁ」

がっくりと肩を落とすメイを慰めつつ、ブルーは尋ねる。

「さしあたって、誰から借りるんだ？　そしてどうやって借りればいいんだい？」

「お金を借りるには、信用か担保が必要です。担保ならあるじゃないですか」

「それは？」

「この魔族領そのものです。国債を発行するんです」

それが、クゥの提案する、あらたな節税プランであった。


そして時は再び現在へ——

「というわけで、国債を買っていただきたいのです」

「要は借金の申し込みか……まさか魔族に金をたかられるとはな」

呆《あき》れたような、驚いたような顔になるロコモコ王。

国債とは、国が発行する債券……ようは、国が行う借金である。

「たかっているのではありません。金融取引です」

「その国債を買ってどうなるというのだ？　それがどういうシロモノか、わかっているのだろうな？」

それまで怯《おび》えていたロコモコ王の目に、今までとは違う光が宿る。

それは決して、目の前のクゥを、メイやブルーよりも弱い小娘と、あなどってのものではなかった。

「はい、国債は、その債券額に応じた、利息を支払う義務があります」

「そうだ。お前たちは金を借りる以上、利子を払わねばならん。それが常識だ。どうやって利子を稼ぎ出す？　金は借りただけでは増えんぞ？」

個人でも国家でも、金を借りる際には、返済能力の有無が大きな問題となる。

要は、「返す当てのない」相手に貸すわけにはいかないということだ。

だが、国債の場合、さらに別の危険性もある。

「万が一、踏み倒すために戦争をふっかけられてはたまらんからな」

個人の借金ならば、返済がとどこおれば、裁判所に訴え、場合によっては相手の資産を差し押さえることができる。

だが、国家間のやり取りに、その方法は難しい。

場合によっては、借金を踏み倒すため、貸主の国に戦争をふっかける例すらある。

「金を貸して、攻め込まれてはたまったものではないぞ？」

ロコモコ王の危惧《きぐ》は、至極まっとうなものであった。

しかし、それもクゥの計算の内であった。

「ええ、ですから増やします。新規事業を起こします」

「む？」

出てきた言葉に、王は怪訝《けげん》な顔をした。

「魔族領は、この世界の半分を占めます。つまり、現在人類種族の領土の持つものと、同量の資源が眠っているとも言えます」

人類種族と魔族は、大陸を二分して睨《にら》み合ってきた。

それは同時に、大陸も二つに分けて統治してきたということである。

「続けよ」

なにかを感じたのか、ロコモコ王は話をうながす。

「金銀銅鉄、他にも希少な魔法金属の鉱床もあります。魔族側は、これらの開発はあまり積極的に行っていません」

魔族たちは、その領土の開発や経営には恐ろしく非積極的である。

理由は二つ。

人類種族ほどの、高度な精錬技術、採掘技術を有していないこと。

もう一つは、わざわざ金属加工品を揃《そろ》えずとも、自前の爪《つめ》や殻や牙《きば》で、ある程度まかなえてしまうからである。

「人類種族領の主な鉱山はすでに開発済み……まだ未開発の土地もあるでしょうが、なかなか難しいですよね？」

「むむっ！」

クゥの言葉に、ロコモコ王は唸《うな》る。

人類種族領内にも、まだ産出が望める土地はある。

だが、そういった土地は、たいてい他の国との間で領有権の奪い合いが発生していて、軽々しく手が出せない。

「他にも、このようなものがあります」

「なんだそれは？」

次にクゥは、持っていた小箱を開けると、中から瓶を取り出す。

「こちらを御覧ください」

「なんだ、それは？」

「しびれキノコの胞子です」

「え、それ厄介なやつじゃない？　吸ったら大の男ですら動けなくなるヤツ。アタシも防護の術を覚えるまでは苦しめられたわ～」

自分も食らったことがあるメイは、眉《まゆ》をひそめる。

なんでこんなモノを持ち出したと言わんばかりだ。

「他にも、体を凍らせる氷結華の種子、視覚を一時的に奪う暗闇草《くらやみ》のエキスなどもあります。全て、魔族領にしか生えないものです」

植物というものは、種さえ蒔《ま》けばどこにでも生えるものではない。

土壌や気候によって、育成が限られるものが多い。

「そんなものをどうするつもりだ？」

「薬もすぎれば毒になる……その逆もまた真なり、です」

尋ねるロコモコ王であったが、その脳裏には、すでにある程度、クゥの問いかけの答えが浮かんでいた。

「そういうことか」

ふふんと、おもしろそうに、王は笑った。

「え、どういうこと？」

「メイくん、ちょっとまってね、今から説明されるから」

「またアタシだけおいてけぼりだぁ」

ブルーに慰められ、肩を落とすメイ。

クゥとロコモコ王の会話の意味がわからず、一人取り残されていた。

「毒も薄めれば薬になる、か……これらの植物は、睡眠薬や解熱剤、目薬の材料になる」

「これらは、先程も申し上げましたように、魔族領の土でしか育ちません。しかし、大規模な栽培は行われておらず、おもに自然のものの採取のみです」

魔族の農業技術は、人類と比べて、百年単位で遅れている。

キノコの人工栽培も、実用化されていない。

「魔族領の豊富な資源、特産品などを、大規模生産する予定です。そのためには、人類種族の技術を積極的に導入したいと思います」

「むっ……！」

ここに至って、ロコモコ王は、クゥの思惑を悟る。

彼女は、ただ国債を買わせに来たのではない。

借金をするためだけに来たのではなかった。

「そのため、形としては、共同事業を立ち上げるという形になりますね。国債を購入していただいた方には、これらの新事業に参入していただけるよう、お願いするつもりです」

「くくく……そう来おったか！」

ポンと膝《ひざ》をたたき、王は大笑いする。

「貴様！　金を借りに来た相手に、さらに金を出させるつもりだな？」

ニヤリと笑う王に、クゥは笑顔で応えた。

国債を購入しても、相手国に返済能力がなければ、利子はおろか元本も回収できない。

それは個人との取引でも同じ。

だが、国債は、国への貸金である。

国とはなにか？

国土と、そこに住む国民である。

そこに膨大な資源が眠っているとしたら？

開拓可能な、宝の山となる物があれば？

話は変わってくる。

「金を貸せ。返してほしければ、自分の国を発展させろ。そのための技術を提供し、出資しろ、そう言っているのだろう？」

これが他の国ならば、話は変わろう。

だが相手は、膨大な、手つかずの大陸の半分である。

こうなれば立場の優劣すら変わる。

「貴様……国債を〝買ってもらいに来た〟と言ったな？　違うだろう……貴様は……〝買わせてやっても良い〟と言っているのだろう？」

ロコモコ王は笑っていた。

とても、楽しそうに笑っていた。

目の前のまだあどけなさが残る少女が、ある意味で、メイ以上にとんでもない交渉人であることが分かったからだ。

「はい、今なら早い者勝ちですよ？」

「いいよる!!」

人類種族領は、未《いま》だ長い不況の真っ最中。

国民全員に金がないので、モノを作っても売れない、買う者がいない。

それは同時に、国家が金を溜《た》め込んでいても、投資する先がないということだ。

クゥは、その「おいしい投資先」として、魔族領をプロモーションした。

「おい大臣！」

「はっ！」

「商人たちと、資産を腐らせまくっている貴族たちをかき集めろ。あと宮廷で無駄飯を食らわせている錬金術師どももだ！　これは金の匂《にお》いがする！」

「はっ！」

その意味を理解したロコモコ王の判断は早かった。

即座に大臣に命じ、必要な金と技術と人手を集めるべく手を打つ。

「娘、この話、もっと詳しく聞かせてもらおう！」

「はい！」

かくして、クゥによる国債セールス、その第一戦は勝利に終わった。


「驚いたわ〜……あの国王あんな顔できるのね。随分シャキッとして」

ロコモコ王国からの帰路、メイは意外そうな顔で言った。

「ロコモコ国王の家は、元は行商人から成り上がった家系なんですよ」

そんなメイに、クゥが教える。

「なので、商業に対して関心が高いんです。だから話を聞いてくれると思いました」

「そうだったの……」

メイの知るロコモコ王は、ただの冴《さ》えない中の下程度の国の王でしかなく、頼りがいのなさそうなおっさんという認識だった。

しかし、その「知ったつもり」の相手が、実は高い見識をもった為政者の顔も備えていたのだ。

「いつのまにそんなことまで調べていたんだ」

「えへへ～」

ロコモコ王が、商才に溢《あふ》れた人物と知ったクゥは、最初の交渉相手に選んだ。

だが、ただ訪れても、主導権は握りづらい。

まず相手を圧倒し、こちらの話を「聞かなければならない」状態にしなければならなかった。

「だから、アタシとブルーを使ったのね」

勇者と魔王の二人が直接乗り込めば、驚かない者の方が珍しい。

転移魔法で城の壁をぶち破って現れた段階で、すでにクゥの計画は始まっていたのだ。

「はい……すいません」

ただ、二人を「利用した」形になったことを、彼女は謝罪する。

「謝る必要はないでしょ？　アタシたちのためにしてくれたんだから」

クゥがこの計画を進めているのも、全ては、依頼された「課税額を減らす」を実行するため。

彼女は、メイとブルーのためにやっているのだ。

「むしろ、何ていうのかなぁ、ちょっと自分が情けない」

「なんで、ですか……？」

言いながら、メイは少し、寂しげな顔で、苦笑いをした。

「これでもさぁ、勇者なのよ。人類最強の自負があったのよ。一万や二万の軍勢はどうにかできる自信があったのよ」

メイの戦闘力は、常人を超えた、まさに超人。

魔族でも、彼女と互角に渡りあえるのは、魔王の他にどれだけいるか……しかし――

「でも、その力も、全く使えなくて……悲しいかな役立たず、我ながら情けないわぁ」

自分が必死で鍛え上げ、身につけた力が通じない世界がある。

その事実に、メイは鼻っ柱をへし折られた気分になっていたのだ。

「そんなことないです！」

「クゥ？」

だが、クゥはそんな彼女に、我が事のように――否《いな》、それ以上に必死な顔で、否定した。

「メイさんは、役立たずとか、そんなの……違います！　むしろ、わたしはメイさんの役に立ちたいんです！　メイさんやブルーさんの、だから、その……」

「クゥ……」

泣きそうな顔で訴えるクゥ。

彼女にとって、「メイは情けない役立たず」という言葉は、たとえ冗談でも、たとえ本人の口からのものでも、聞き逃せないものだった。

「大丈夫だよ。キミの言いたいことを、メイくんはわかっている」

クゥを落ち着かせようと、ブルーはその肩を叩《たた》く。

世界から見捨てられたと思っていた自分を拾い上げてくれた、メイとブルーに、クゥは心から感謝して、二人のために最善を尽くしたいと励んでいた。

それ故の思いを、メイは理解している。

「む……」

今度はブルーの言葉に、メイは複雑な表情になる。

「彼女はそういう人だ」

「むむむ……」

なんとも言い難い、くすぐったいような恥ずかしいような気持ちになるメイ。

どうにも時折、ブルーは、自分のことを深く理解する顔になる。

「さて他にも国債の売り込みをするんだろう？」

そんなメイの思いをよそに、ブルーは尋ねる。

「はい、大陸の商業ギルドや、通商連盟、他にも話を聞いてくれそうなところは、いくつもあります」

「聞いてくれなきゃアタシが耳を無理やりかっぽじらせてやるわ」

自分の中のもどかしさを払拭《ふっしょく》するように、ことさら豪快な声のメイ。

「見たまえクゥくん、このたよりになる姿！」

「やっぱり、メイさんはすごいです」

「もう頭使うのはアンタたちに任せるから、アタシは拳《こぶし》で生きるわ」

クゥはやはり、メイのそんなたくましい姿を羨望《せんぼう》の眼差《まなざ》しで見ていた。

「んでさぁ、この調子で国債売りまくって、借りまくったお金、どうするの？」

課税額を減らすために借金をする――それがクゥのプランである。

税額を減らすためには、経費を増やさねばならない。

しかし、すでに既存の経費には限界がある。

「はい、先に言ったように、魔族領で新事業を起こします。人類種族の国家や組織から、技術や資金を入れて開発する特区を設立するんです」

ならばどうするか――さらにお金のかかる事業を行い、その分の経費を計上するのだ。

その事業を行う元手を得るために、国債発行を提案した。

「それだけ、ではないのだろう？」

「はい、ここからが本番です。無駄遣いをしまくります！　ただし——無駄じゃない、無駄遣いです」

問いかけるブルーに、クゥは元気良く答える。


数週間後——魔王城魔王の間。

「陛下！　これはどういうことです！」

書類の確認を行っていたブルーのもとに、血相を変えて、宰相センタラルバルドが現れる。

「どうしたんだいセンタラルバルドさん、そんな怖い顔をして」

「怖い顔にもなります！　私が上奏申し上げた、増税案と緊縮案を、却下なさるとは、どういうことです」

普段なら、「さん付けはなさらないでください」と諌《いさ》めるところを、それすら忘れて、嚙《か》みつかんばかりに問い詰める。

「あ～それかぁ、それはね……」

「それだけではありません。税制度に対して、大幅な見直しをするとは、どういうことです？　予算もないのに、税収を減らしてどうするのです！」

センタラルバルドが目の色を変えていたのは、彼が成立直前までまとめ上げた増税案を、ブルーが魔王の権限で凍結させたからであった。

それどころか、複数の既存の税を、減税の形で見直せと命じたのだ。

これは、緊縮政策と増税政策で、天界からの課税に対応しようという彼のプランを、正面から否定したようなものであった。

「う～ん、なんというか、その……」

「その？」

言いにくそうな顔のブルーに、センタラルバルドは詰め寄る。

「税収を増やすのは、別に税率を上げるだけではないらしいのでね」

「なにをおっしゃって……まさか、あの小娘になにか吹き込まれましたか!?」

「吹き込まれたとは人聞きが悪いなぁ」

財務に関しては素人であるブルーの考えではなかった。

〝ゼイリシ〟クゥの提言であることは、火を見るより明らか。

「あの娘、クゥとか言ったか！　今はどこにいるのです！」

「ああ、公聴会を開いている真っ最中さ」

「こーちょーかいいいいい？」

公聴会とは、国などの機関が、特定の事柄に対して、利害関係のある者や学者、一般の者から、意見を聴き取る会のことである。

要は、「皆様のご意見お聞かせください」の集会である。

クゥはブルー名義で「日常生活の苦情、改善案、要望のある方は誰でもいいから来てくださ い」と布告を出した。

「だからさぁ、ウチなんか、いっぺんに大量に産卵するから、育児だけで手一杯なのさ。男なんて、かけるだけかけたらあとは知らんぷりだしさ！」

「なるほど、わかりました」

背中に三人、両腕に二人、さらに五人の子どもを引き連れたマーマンのおばさんが、熱く語る。

それをクゥは熱心に聞き取り、持っていた帳簿に書き綴《つづ》る。

「見てくれよこれ、ナイフじゃないぜ？　ロングソードだったんだ。先祖代々伝わったと言えば聞こえはいいが、何十年も使いまわし続けたせいで、研ぎ続けてたらこんなになっちまった」

城内で働く、全身鱗《うろこ》のリザードマンの兵士。

持っていた、「ちょっと長めのナイフ」くらいの刃渡りになってしまった剣を見せ、自分の苦境を語る。

「それはひどいですね」

「ちゃんとした仕事をさせたいなら、装備くらいいいもんくれよ」

「かしこまりました。承《うけたまわ》ります」

その話もまた、クゥは帳簿に書き加えていく。

「俺たちだってよ、別に好き好んで略奪してんじゃねーよ。抵抗されるときもあるしよ。安定した生活が送れるんならそっちのがいいさ」

「そうですか、了解しました！」

今度は小柄でギョロ目の小鬼たち……いわゆるゴブリンであった。

粗野で野蛮で好戦的と思われている種族だが、実態は意外と異なる。

彼らからの要請を、クゥは帳簿に書き加えていく。

そして……

「クゥ……ちょっとは休んだほうがいいんじゃない？　もう一週間連続ぶっ続けで、いろんな魔族から話を聞き取りしまくっているじゃない？」

メイが心配そうに声をかける。

休憩時間、簡素な軽食を取りながら、クゥは書類をまとめている。

毎日毎日、彼女はずっと、朝から晩まで、長蛇の列を成す魔族たちの「ご意見」を承っていた。

長く続いた緊縮政策のせいで、どこもかしこも不満だらけ。

給料が少ない、配給が少ない、保障がない、手当をくれ。

その膨大な要請を、一人で聞き取り続けているのだ。

「時間がないですから、少しでも多くやらないと……それに、おかげで見えてきました」

サンドイッチをろくに噛《か》まずに飲み込みながら、クゥは興奮した面持ちで、帳簿を見せる。

「見えてきたって、なにが？」

それを見せられても、メイにはなにも判断できない。

「無駄遣いのアテです」

「なるほど、言っていた『無駄じゃない無駄遣い』の話ね」

「はい！」

先日からクゥが言っていた、節税策の最大の核となるものであった。

「はい、そのためにはまず――」

クゥが、それを話そうとしたところで、部屋の扉を勢いよく開けて、センタラルバルドが現れた。

「クゥという人間の小娘はどこだ！」

「あ、サンタパウロ三世」

「代々の名前にするな!!」

相変わらず名前を覚えようとしないメイを怒鳴りつける。

「はい、わたしはここですが……どうしました？」

「どうしました？　じゃないわー！　貴様ァ、陛下に増税案を却下させるどころか、大規模減税を提案するとは、どういう了見だ！」

「それはですね」

「税収を増やさねば、国の借金となるアストライザーへの納税が果たせんのだ！　財政の健全化が果たせねば、国が滅ぶのだぞ！」

「ですから」

「ははん、わかったぞ貴様の魂胆、さては我ら魔族を破産させ、人類に支配させるつもりなのだろう!!　なんたる外道！　これだから人間は!!」

「あの、話を………」

クゥは説明しようとするが、そもそも最初から聞く気がないのか、問答無用と言わんばかりにセンタラルバルドはまくしたてるが、

「ふん！」

「ごふん!?」

見ていられなかったメイが、我慢の限界と殴り飛ばした。

「メイさん暴力はダメですぅ!?」

「つい、うるさくて。でもなぜかしら、謝る気がかけらもおこらない」

それどころか、充実感すら覚えるメイであった。

「この……貴様はなにをするにも腕力でしかものを語れんのか!!」

「語れん!!」

「うがががが!?」

殴られた鼻っ柱を押さえ、非難するセンタラルバルドであったが、メイにこれでもかと胸を張って返されたため、なにも言い返せず唸《うな》り声をあげる。

「わかった、クゥ？　小理屈こねる相手には、堂々とした態度で挑むと、意外と反論できなくなるのよ」

「メイさん……人生ストロングに生きてきたんですねぇ………」

メイは理屈をこねるのが苦手だが、その最大の理由は、理屈が通らない理不尽あふれる人生を生き抜いてきたからなのかもしれない。

「えっと、あのセンタラルバルド、さん……？」

それはそれとして、クゥはあらためて、彼に現状の説明を始める。

ちなみにその後ろではメイが、「また話を聞こうとしなかったら、さらにどんどんお見舞いするぞ」と言わんばかりに、ペキポキと拳《こぶし》を鳴らしていた。

「違うんです、これは大切なことなんです。今しなきゃいけないんです」

「税率を下げることで、〝魔王〟の収入自体を下げるということか?」

クゥが詳細を述べる前に、センタラルバルドは言う。

「陛下は魔族の総領だ。全ての魔族から徴税し、それを〝収入〟として、〝ゼイホウ〟に基づいた税率でアストライザーに払う、これがこの世の理《ことわり》だ」

「はい。そのとおりです」

「税率を下げれば税収は下がる。すなわち、陛下の収入が下がるということだ。そうなれば納税額も減る……そういう算段か?」

税金を減らす方法は三つある。

一つ目は、経費を増やすことで、課税対象となる収入を減らすこと。

二つ目は、収益を減らすことで、課税対象である収入を減らすことである。

クゥはすでに、一つ目は行った後。

ゆえに、センタラルバルドは、彼女が二つ目を行ったのだと推測したのだ。

「いえ、ちがいます……それもないことはないですが、効果はあまり大きくありません」

「ならばなんだ?」

しかし、クゥはそれを否定する。

収益の調整は、節税策の基本の一つだが、五十年さかのぼっての税務調査では効果は薄い。

「そもそも、税率を下げても、税収は下がりません。上げることは可能です」

「貴様は数字を知らんのか？　それとも人類種族と魔族では、数の数え方が異なるのか？」

小馬鹿《こばか》にするセンタラルバルドであったが、クゥは大真面目だった。

「いえ、同じです。分母が増えれば、掛け率が下がっても、数字は変わらないんです」

「そういうことよ」

彼女にあわせ、メイも胸を張って、指までさして言い放つ。

「どういうことだ？」

「ふっふっふっふっふっ」

「わからないのなら口を挟むなぁ!!」

「無理矢理にでも入り込まないと寂しいのよ！　疎外感半端ないのよ!!」

どうやら、理屈はわからないけどなんとなく乗っかっただけだった。

「民の所得を増やせば、税率は下がっても税収は変わらない。と言いたいのか？」

「はい」

メイに引っ搔《か》き回されながらも、そこは財政も担当しているだけはあり、クゥがなにを言わんとしているのか、センタラルバルドは察していた。

「ふっふっふっふっふっ！」

しかし例によってメイはわかっていなかった。

「えっとですね、たとえるとですね」

「いつもごめんね」

もうこのやり取りも何度も繰り返しているため、クゥはなれた調子で解説を始める。

「100万イェンの収入の人に、税率10%をかけていたとしますね？　税金は一割なので、10万イェンです。これを5%にしたら、5万イェンになります」

「それはわかるわ」

「でも収入が200万イェンになれば、5%の税率でも、変わらず10万イェンが入ってきます」

それが、クゥの言う「分母を増やす」という意味であった。

「それだけではありません。これが300万イェンになったら、5%でも、15万イェンです！　徴収する割合を増やすのではなく、その対象となる数字を増やすんです」

「なるほどなるほど……それなら問題ないじゃない」

結果として変わらないのならば、税率が低いほうが良いに決まっている。

そんな、当たり前の感覚でメイは言うが、センタラルバルドは吐き捨てるように怒鳴る。

「簡単に言ってくれるな……それは、年収を倍にするということだ！　そんな簡単にできるわけがなかろう」

国民全ての年収――所得倍増など、できるのならとっくにやっている。

それこそ、どんな魔法使いでもできない奇跡だ。

「できます！」

クゥは強い意志と決意と自信を持って答えた。

「できるって」

「無茶を言うな！　言っては何だが、魔族領は長い不況で苦しい真っ最中なんだぞ！」

よくわからないが賛同するメイに、センタラルバルドは怒鳴りつける。

「いえ、今じゃなきゃできないんです」

だが、クゥは退かない。

「今でなければ、だと？」

財政的に困難な状況で、所得を倍増させるなど絵空事と言うセンタラルバルドに、真っ向から反論する。

「魔族領は基本的に、産業基盤が小さいです」

「魔族って……普段どんな方法で働いているのかと思ったけど、大半がアレよね、漁とか採取よね、農業すらかなり小規模なものだけよ」

メイも、魔族領に訪れてからその実態を見て、少なからず驚いた。

「一次産業ばかりです。生産力自体が小さい。経済規模だけで言えば、人類種族の中規模国家クラスです」

商業という概念もろくに根付いておらず、社会インフラの整備もされていない。

「産業など……そんなものを無理して起こさずとも、我ら魔族は、人間とは作りが違う！

貴様らのように脆弱《ぜいじゃく》で惰弱《だじゃく》ではない！」

魔族であることに誇りを持つセンタラルバルドは、同時に人類種族を、そして目の前のクゥを嘲《あざけ》るように返した。

「はい、人間と魔族なら、魔族の方がずっと強いです。力持ちで、魔力もあって、頑丈で、爪《つめ》や牙《きば》やツノや甲羅を持っています。空を飛ぶ羽や、海に潜るエラもあります」

「だから――」

「でも、その脆弱な人間たちと、魔族は拮抗《きっこう》状態です。終わりの見えない戦争を何百年も続けてしまうくらい」

「ぐっ……」

どれだけ誇りを持とうが、純然たる歴史的事実は変わらない。

強固な肉体と、強大な魔力を有しながら、魔族は人類と「互角」の存在なのだ。

「〝一本の木〟という話を、ご存じですか？」

それは、人類種族に伝わる、古いおとぎ話である。

「昔、荒野に一本の木が生えていました。木の上には、人間と猿の先祖が住んでいました」

木の上にいれば、獣に襲われることもない。

葉っぱが、強い日差しや雨や風から守ってくれる。

おいしい木の実も食べられる。

「でも、そこに住める数は限られていた」

人間と猿の先祖は争い、人間の先祖は敗れ、木から追い出された。

「追い出され、荒野をさまようことになった人間の先祖たちは、生きるために、必死にあがきました」

寒さを防ぐために服を作り、獣から身を守るために武器を作り、獲物を狩るために道具を作った。

そしてなにより、暗闇《くらやみ》の世界を生きるための、火を手にした。

「わかりますか？　弱いから、足りないから、だから必死で生きるための方法をかき集めたんです。知恵を絞ったんです。弱いから、人間は強くなったんです」

「ぐぬぬっ………」

それは奇《く》しくも、人類種族と魔族の関係を表していた。

種族的な強さにあぐらをかき、進歩発展をおろそかにした魔族は、いつのまにか、人類に追いつかれていたのだ。

「でもそれは同時に、魔族の方々が持つ強さと、人間が持つ強さを合わせれば、もっとたくさんいろんなことができるということです。そのために、国債を売って得たお金を使います」

「なにをしようというのだ……特区とかいう、人間どもを領内に招き入れる計画か？」

すでに多くの人類種族の国家や通商連盟に売り込みをかけ、魔族と人類の共同経営の開拓事業を、一部区域で始める計画が進んでいた。

「あ、知ってたんだ」

「私は宰相だぞ」

意外そうなメイに、センタラルバルドは不愉快そうに返す。

逆に言えば、宰相である彼にすら、まともな報告をせず、これらの計画は進められていた。

「それもほんの一部です。まずは、魔族の方たちに、雇用を生み出します」

だがしかし、それすらも、クゥの「無駄じゃない無駄遣い」計画の、一部でしかない。

「働きたくても働き口のない人たちに、仕事を作るんです。いくらでもあります。山にトンネルを掘り、川に橋をかけ、街道を整備します。港を拡張します。無論、それに必要な設備や施設、機材を購入します」

「どれだけ莫大《ばくだい》な金を使うつもりだ」

センタラルバルドは眉間《みけん》にシワを寄せる。

それはもはや、単純な公共事業の枠を超えた、大陸改造計画でもあった。

どれだけの金額になるか、予想も想像もつかない。

「とりあえずは、国家予算の倍くらいです」

「なっ……!?」

予想も想像もできない金額を、提示され、言葉を失う。

「それだけではありません。病気やケガで働けない人たちに保障を、子どもたちには教育を、働きたいけど働けないお母さんたちには保育所を作ります。とにかく、仕事を生み出し、お金を稼げるようにするんです」

国債を大量発行した理由は、この膨大な公共事業費を捻出《ねんしゅつ》するためであった。

その頃、魔王の部屋では、ブルーが執務椅子《いす》に座りながら、一人つぶやいていた。

「クゥくんの計画は、凄《すさ》まじいものだ。これはもはや〝ゼイリシ〟の領域を超えて、財政の領域にある」

偽りの結婚といえど、魔王であるブルーと、勇者のメイが結婚してしまったことで、両種族の戦争が停まった。つまり……

「膠着《こうちゃく》状態とは言え、戦争によって消費されていた国民が新たに労働力として社会に還元されるようになったとも言える。だが……」

それは諸刃《もろは》の剣。

労働力があっても、雇用がなければ、需要と供給のバランスが崩れ、労働力は買い叩《たた》かれる。

「産業基盤の脆弱《ぜいじゃく》な魔族ならなおのことだ。安い賃金でこき使われ、そこに増税、緊縮財政では彼らにまともな暮らしをさせてやることはできない」

それを防ぐため、そして税収を上げるために、クゥは大規模公共事業を起こし、人口増加の受け入れとなる雇用を生み出そうとしている。

「だが、これは同時に……」

「はい、彼女の計画を進めれば進めるほど、『もう戦争ができない』状態になります」

執務室の端に、いつものようにいつのまにか、税天使ゼオスが立っていた。

「そうなんだよね」

「驚かないのですね」

「うん、キミに聞かせるつもりで話していたからね」

むしろ、ブルーはゼオスに聞きたいことがあったくらいである。

「相互に経済的に依存……いや、共存関係を構築すれば、戦争を起こせば、『勝っても負けても損する』状態になる。人は利益で動くものだ。あきらかな損害を目の前に提示されれば、少なくとも、挙国一致の全面戦争は起こせない、起こしづらい」

少なくとも、ブルーが見てきたクゥの計画は、「戦争をすれば損」の状態を作り上げる。

だからこそ、ロコモコ王は、彼女の取引に応じたのだ。

「相手がいなければ成り立たない」事業を行えば、少なくとも「滅ぼして借金を帳消しにする」という強硬手段は不可能になる。

それこそが、国債購入の最大の保証になるのだ。

「それが、クゥ・ジョの最大の目的だった、と？」

「わからない。彼女がそこまで考えていたとは……ただ、おそらくだが……」

ブルーの、クゥへの印象は、「頭のいい子」そして「よい子」である。

だが、決してロマンチストではない。

むしろ、リアリストであると言える。

自分ができることとできないこと、やるべきこととやれることの区別が、できている。

「あの子の頭にあるのは、『最もみんなが幸福になれる状況』の構築だと思う」

それが、ブルーの出した結論だった。

「幸福ではなく、『幸福になれる状況』ですか？」

「うん……。そういう意味では、彼女の発想は、僕では思い浮かばなかったものだ。僕は、皆とともに、貧しさに耐えれば、いつか暮らしが良くなると思っていた。でもそれは、少なくとも、魔族を救うものじゃなかった」

そして、そこに思い至ったことで、ゼオスに対して感じていた疑問の答えが、出てきそうになっていた。

「税天使さん、いや……ゼオスくん、キミはもしかして、これをわかってたんじゃないのか？」

再び、メイとクゥのいる、公聴会会場。

「貴様のやっていることは無駄遣いだ！　湯水のようにあちこちに金をブチ込み、無駄な公共事業やバラマキを行っている！　どう採算を取るつもりだ！」

「カクテイシンコクの期限までに、経費を大量に計上しなければなりません。魔族領は、二十年も緊縮で、経費を削りまくってしまいました。なら、今からでも、湯水のように使わないと、節税できないんです」

センタラルバルドとクゥはにらみ合い、壮絶な財政論争を繰り広げていた。

「節税したはいいが、借金まみれになっては元も子もなかろう！　国債を売ったということは、その額の借金をしたということだぞ。最終的な決済が、とてつもない赤字になってしまうんだぞ」

「はい、それが目的ですから」

「なんだと……？」

意図的に財政を赤字にするなど、国を破産させかねない暴挙――そう信じるセンタラルバルドは声を失う。

「無駄遣いをすることが目的ですから」

「貴様……！」

なおも強気に反論するクゥを見る彼の目に、怒りを通り越し、殺意が芽生える。

高位魔族のセンタラルバルドならば、人間の小娘一人、くびり殺すのはたやすい。

「やめなさい！　もしその子になんかしてみなさい！　アンタ、ただじゃすまないわよ！」

険悪な空気を察し、メイが鋭い声で制する。

決して脅しではないと、含みももたせ。

「街道や港など、交通インフラが整備されれば、人の流れや物の流れが活発化し、商業が盛んになります」

背後でメイが睨《にら》みをきかせている中、クゥはさらに、自分のプランを語る。

「保育所や学校ができれば、子どもたちは教育を受ける機会を得て、将来の人材の育成に繋《つな》がります」

「なにを言っている……」

徐々に熱を帯び、単純な節税や財政論だけでない領域にまで手をかけていくクゥに、センタラルバルドは、圧倒されていく。

「医療制度を整えれば、ケガや病気で働けなくなった人たちや、大人になる前に死んでしまう子どもたちを救えます。その人たちは、再び労働力となって、社会を支えます」

それらは、壮大な計画であった。

魔族の社会を、根底から変えるものであった。

「今年の決算は、おそらく、魔族史上最大の赤字になります。そうするようにしました。でも、今投入した資金は、かならず、長い時を経て、戻ってきます」

産業を起こし、みんなが働けるようになれば、社会は発展する。

今より皆が豊かになれば、貧しい者から搾《しぼ》り取るより、豊かになった者から少しずつ集めるほうが、税収は格段に上がる。

「そんな、根拠もない理想論に付き合いきれるか！　発展する根拠は何だ、言ってみろ！」

しかし、それでもなおセンタラルバルドは納得しない。

国政を預かる者として、根拠のない博打《ばくち》に国の金を注ぎ込むなど、看過できないからだ。

「人口ボーナスです」

クゥはそんな彼に、〝根拠〟を提示した。

「人口ボーナス……だと？　なんだ、それは……」

「魔族は、長い間人間と戦争をしていました。そのために労働力が使われ、人口は減る一方でした。でも、それがなくなった……」

彼らに新たな仕事を与え、生きやすい、暮らしやすい社会を構築すれば、人口は増える。

増えた人口は、そのまま労働力となり、生産力を跳ね上げる。

「魔族社会は、人類種族よりもずっと未発達です。それは、成長の伸びしろがあるということです」

労働人口の増加と、産業の発達による経済発展――それこそが人口ボーナスである。

「未発達な国が、成長したときに発生する経済効果です。今どん底の魔族領だからこそ、その効果は絶大なものになります！　今やらないと、それを逃すんです！」

経済とは、水の動きにたとえられる。

クゥの言う「人口ボーナス」とは、それになぞらえれば、「難破船の最後の浮上」のようなものだ。

沈みかけた船は、最後の瞬間、船内に残った大量の空気が吐き出され、わずかな時だけ再浮上するのだ。

今まで沈みかけの船であった魔族領だからこそ得られるこのチャンスを逃せば、緩やかな衰退を続け、魔族社会は崩壊するのを待つだけなのだ。

「この無駄遣いは、必ず、何倍にもなって返ってきます！　だから、無駄遣いだけど、無駄じゃないんです！」

上がった利益を、未来に投資する。

それが、節税のための第三の方法。

そして、クゥの提案する「無駄じゃない無駄遣い」であった。

「これを、〝トウシ〟といいます。未来を豊かにするために、あえて現在、マイナスを創《つく》るのです。借金もまた、資産なのです！」

彼女のやろうとしていることは、ともすれば「将来にツケを回す」と言われかねないことである。

しかし、このままでは、将来産まれるはずだった者すら産まれない。

ツケを回す「将来」自体がこの世に存在しなくなる。

「ぐ、ぐぬぬ……」

ついには、反論の言葉を失うセンタラルバルド。

クゥの完勝であった。

（すごい……）

そしてメイも、言葉を失い、ただただ感動にも近い感心をしていた。


その日の夜——

魔王城の一角、魔王ブルーの私室区画のそのさらに一部を、メイはむりやり自分用の部屋に改造し、そこをクゥとともに宿泊場所としていた。

当初は、クゥ用の個室を、ブルーは用意しようとしていたのだが、もともと小さな家で暮らしていた彼女は、広すぎる部屋は落ち着かなかったのだ。

「いやぁ……センダギカイワイ、なにも言い返せず帰っちゃったね」

「センタラルバルドさん、ですよ、メイさん……」

一向に名前を覚える気のないメイに、クゥが困った顔で笑いながらツッコむ。

一日の仕事を終え、二人はベッドの上で談笑する。

「アンタはやっぱすごい子だわ。アタシは、目の前の節税のことしか考えていなかったけど、アンタは、みんなを幸せにしようとしているのね」

この日に繰り広げられた、そのセンタラルバルドとの激しい財政舌戦。

それは、もはや「刃《やいば》を用いない戦い」といえるものだった。

「えへへ……でも、ちょっと違います。わたしは、みんなを幸せに、なんてそんなだいそれたこと、思ってません」

「へ？　でもさぁ……」

意外な返答に、メイは驚く。

彼女は、貧しさにあえぐ魔族たちが、まっとうな仕事に就き、誰からも奪わず、人間と共存し、平和に幸せに暮らせる社会を築こうとしているとしか思えなかったのだ。

「幸せって、人の数だけあります」

だが、クゥの考えは、それとは、少し違った。

「これが幸せだ、なんて決められる人はいません。もしかして、神様にだって不可能かもしれません。だから、少しでも、選択肢を増やすことが大切だと思うんです」

奇《く》しくもそれは、その日の昼間、ブルーがゼオスに語った話と同じであった。

「〝なにかをしたい〟と思った時、それができる環境を作る……結局は、社会ができることって、それだけな気がします。でも、自分で選ぶ自由があれば、希望が生まれます」

誰かを幸せにしたいと願うことは、美しい考えかもしれない。

しかし、その形を押し付けることは、ともすれば暴力になる。

少なくとも、為政者が行うべきものではない。

「希望があれば、人は幸せになりたいと願えるようになります。わたしは、そんな世の中になってほしいと思います」

クゥが願ったのはシンプルなことであった。

「幸せになりたい」と願う者が、自分なりの道を歩めるようにする。

それだけであった。

「…………」

「あ、すいません！　なんだか、あの、語っちゃって……あはは」

メイは、それを聞いて、呆然《ぼうぜん》とした顔になっていた。

クゥは慌てて、照れを隠すように笑う。

「恥ずかしがることない」

「メイさん？」

真剣な顔で、メイは首を振る。

そして、手を伸ばし、クゥの両肩に置く。

「ねえ、クゥ？　あのさ、魔族のあれこれが収まったらさ、今度はもう半分をやらない？」

「もう半分？」

「アタシ、世界の半分もらう約束だから」

「は、はぁ？」

クゥが行っているのは、魔族領の話。

世界のうち、半分を変えようとしている。

メイは、その次は、もう半分の人間の世界を変えようと言っていた。

「その半分を、一緒につくろう。みんなが幸せになりたいと願える世界にしよう！」

彼女の顔は真剣だった。

本気で、自分と、クゥとならば、〝もう半分〟も変えられるのではないかと感じていた。

「アタシね……孤児だったんだ」

ふと、メイは自分のことを打ち明ける。

あまり、他人には話してこなかったことだが、クゥには聞いてもらいたいと思ったのだ。

「物心ついたときには両親はいなかった。気づいたときには生ゴミを漁《あさ》るような暮らしをしていた」

長らくの魔族との戦争で、人類社会の疲弊は深刻なものだったが、メイの生まれた国は、その中でも特にひどかった。

野良猫や野良犬のように、道端で暮らし、冬が来る度に見知った者が凍死するような世界で生きてきた。

「人に言えないことも、けっこうやったよ……んで、奴隷同然にこき使われて、ボロボロの暮らしをしてた」

社会的弱者も、数が増えれば福祉の意味も変わる。

救っても「役に立たない」子どもらは、見て見ぬ振りをされ、放置された。

そんな彼らに手を伸ばしたのは、篤志家気取りの強欲商人たちであった。

「使い潰《つぶ》しができる労働力」で「壊れてもいくらでも替えがきく」彼らを、わずかな賃金で、家畜のようにこき使った。

幼き日のメイは、そんな連中に拾われたのだ。

「ある日にね、働かされていた工房を抜け出した。少しでも動きが遅いと、殴られるし、食事も抜かれるし、そういう場所だったたから」

今でも、その工房の経営者の、最後の言葉は覚えている。

逃げ出そうとした彼女の背中に、嘲笑《ちょうしょう》を込めた声を投げつけた。

「ここから逃げても、どこにも行き場などないぞ」と。

行き場をなくした彼女は、再び、路地裏のゴミ溜《た》めの中で、飢えと寒さに苦しむ。

「そんなときだったなぁ……変な人が現れてね？」

自嘲《じちよう》的に、メイは笑った。

「変な人……まさか!?」

「あ、そーゆー意味での変な人じゃないよ？」

治安の悪い街だったので、そういう人間は多かったし、貧民の少女が狙《ねら》われることも多かったが、そうではなかった。

「顔はよく見えなかったけどね、どっかの貧乏貴族の三男坊って言ってた。その人、アタシに、パンを恵んでくれたんだ」

たまたま出会った青年だった。

お忍びで出歩いていたのか、顔の下半分をマントで覆っていたので、幼いころのメイには、よく顔が見えなかった。

「アタシね、それを無我夢中で貪《むさぼ》った。で、食べながら泣いた。なんでアタシは、こんなになってまで、それでも生きようとするんだろうって……つぶやいたんだ」

生まれてからずっと、いいことなどなかった。

まともに人間扱いもされなかった。

「幸せになんて、なれっこないのにって……なんで生きようとするんだって……でもその人、言ったんだ」

貧しい少女が、パンを食べながら泣いている姿を見て、その貧乏貴族の三男坊の青年は、おそらく、彼女のそれまでの人生で一番優しい言葉をかけてくれた。

「『きっとそれは、それでもキミが幸せになりたいと願っているからだよ』……何言ってんだ、って思ったけどね」

それでも、その言葉は、ほんの少しだけ、メイの絶望を救った。

どれだけ絶望しても、幸せになりたいという願いを捨てられないのなら……

ならば、できるところまで生きてやろうと、彼女は思ったのだ。

「その人、少ないけどって、持ってたお金、アタシに渡して、去っていった。んでまぁその後、たまたま、勇者の資質があることがわかってね」

雀《すずめ》の涙程度の補助金ではあったが、国から準備金が支給され、それを元に、彼女は勇者としての道を歩みだす。

「あの頃にくらべればマシだ！」その一念で、何度も倒れては立ち上がり、ひたすら己を鍛え続け、魔王の眼前にまで立つ。

「ブルーから、世界の半分をいらないかって言われて、思ったの。全部を変えることができなくても、半分ならいけるんじゃないかって……」

たとえ魔王を倒しても、かつての自分のような貧しい者たちが、いきなり奇跡が起きて全員満たされるわけではない。

結局、得をするのは、王様や貴族や金持ちだけだ。

ならば――と思ったのだ。

「でも、なにをどう変えればいいか、アタシバカだからわかんなくってさぁ～……だけど、クゥの話聞いて、アンタとならやってけるような気がしたんだ」

全ての人に、あまねく等しく幸福を与えるなど、不可能。

しかし、自分がそうであったように、「選択肢」を増やすことで、幸福になりたいという願いを持てる世界を作ることはできる。

「どう、かな?」

「………」

少し照れくさそうに言うメイに、クゥは唖然《あぜん》とした顔を向ける。

「クゥ?」

「ひぐっ!」

しばし後、声をかけられ、まるでなにかが弾《はじ》けたように、彼女は涙を溢《あふ》れさせた。

「え、なんで泣くの!?」

「ちがっ……うれしくて……」

自分をそこまで見込んでくれて、自分の仕事にそれだけ価値を見出《みい》だしてくれたメイに、クゥは嬉《うれ》しくて、感情が追いつかなかったのだ。

そして、ともにこれからも一緒にやっていこうと、手を差し出してくれた。

クゥにとっては、生まれてからここまで、こんなに嬉《うれ》しいことはなかった。

「生きててよかった」と、心から思うほどであった。

「やりましょうメイさん！　世界の半分が終わったら、今度はもう半分です！」

「よしけってーい！」

二人の少女は笑顔で夢を語り合う。

「こうしたい」「ああなりたい」、向かいたいと願う未来があること。

それこそが、人が最も幸福を感じる瞬間。

希望に溢《あふ》れた時なのかもしれない。

しかし——


同時刻、魔族領——魔王城からほど近い、一軒の邸宅。

そこは、高位魔族であり、宰相のセンタラルバルドの屋敷であった。

「困りましたねぇ……センタラルバルドさん」

「うむ……」

日頃彼は、政務につく関係で、月の大半は城内で寝起きしている。

屋敷に戻っても、ほぼ寝るためで、来客を招くことなどほとんどない。

「件《くだん》の小娘が現れてから、魔族側の前例にない資本投入で、にわかに市場が活気づいています」

にもかかわらず、この夜に、彼の屋敷には客が訪れていた。

しかも、彼の屋敷には〝絶対に招かれない〟はずの者であった。

「利にさとい中小商業国家や、新興の商業ギルドが色めき立ち、魔族領の開拓という新規事業をはじめています」

その客人の男は、クゥが行っている経済政策を冷静に分析し、その効果が、確実に出始めていることを語る。

「また和平締結によって、それまで抱えていた膨大な軍事費の削減を考えたかった国々も、受け皿となる事業が生まれたことで、軍縮に舵《かじ》を切り始めています」

「むむ……」

しかし、男の口調は、決して「明るい未来」を語るものではなかった。

むしろ、世界が滅びに向かっていることを嘆くようであった。

「どうなっているのです？　我々が長年にわたって保ってきた世界の均衡が、崩れようとしているのですよ」

「わかっている。わかっているが……」

男に告げられ、センタラルバルドは顔をしかめる。

「わかっていませんよ、センタラルバルドさん。このままあの小娘に従って世界が動き続ければ、忌むべき悪夢の世界に変わってしまうのですよ」

「あれが、起こるというのか？」

「はい」

彼らが語る、〝あれ〟。それは、絶対に世界に到来させてはならぬもの。

来たれば、確実に世界を闇《やみ》に沈めるものと、彼らは信じて疑わぬものであった。

故に彼らは、それを防ぐために暗躍してきた。

それこそ、センタラルバルドは、魔王ブルーにさえ、内密に動いて……

「あなたは目先の利益のために、未来を潰《つぶ》すことをお望みですか？　子や孫の世代にツケを払わせるなど、魔族でも人類でも、許されることではありません」

「うむ……わかっている……」

「ならば、方法は一つです」

男の声は、まさに聖職者のそれであった。

美しく、尊く、一切の私欲なく、世界を美しく保ちたいと願う、聖人のものであった。

「あの小娘……クゥ・ジョ、ですか？　彼女には――消えていただきましょう。世界のために」

しかし、その口から放たれた言葉は、あまりにもどす黒い、血なまぐさいものであった。

第四章　人間の価値

それからさらに、二月が経った——申告の日まであと十日。

ここまでの間に、人類種族領からの出資と入植によって、両種族の共同事業としての開拓特区が開かれ、国債の発行で得た膨大な資金を元に、大規模なインフラ整備が始まった。

まだ魔王城を中心とした範囲ではあるが、停戦によって余った兵士たちまで動員して行われている開発ラッシュで、人もモノも金も、膨大な量が流れ込んでいる。

「まったく、大したものだ」

執務室にて、各種報告書を目に入れながら、ブルーはあらためて感心した。

天界から命じられた、一兆イェンの追徴課税。

大規模な経理の刷新、数多《あまた》の経費の洗い出しによって、六割近くを減額。

さらに、大規模な投資を行うことによって、残りの課税額も大幅に減らした。

わずかな期間でこれである。

今後も順調に進めば、特区の開発と、インフラ整備による社会の成長によって、魔族領の財政の健全化は、十年待たずして果たされるだろう。

「こちらの手続きは完了です。すぐに進めてください。あと保養所と学校は、決裁して結構です。提出書類を忘れずに。処理はこちらで行います」

同じ室内では、クゥが今日もテキパキと仕事をこなしている。

「クゥさん、こっちの案件なんですが」

「こちらの確認もお願いします。クゥさん」

最初は彼女を訝《いぶか》しんでいた魔族たちも、気づけば彼女を頼りにし、敬意を表していた。

最初のころは、魔王すら殴り飛ばすメイが背後について睨《にら》みを利かせていたからだったが、それもすぐに変化した。

クゥはともかく、労働環境と、社会保障を見直し、減税を訴えた。

「ちゃんと働けば、ちゃんと報酬がもらえる」

「何かあった時は、公的な機関が助ける」

「取り決めに基づき、それに反した命令はしない」

これらの掟《おきて》を魔王の名のもとで徹底したことで、下級魔族たちほど、生活が楽になった。

今では魔王城内を一人で歩いていても、親しく声を掛けられることはあっても、敵意を向けられることはなくなったほどだ。

「見事なものだ……これならあと十日で、アストライザーへの納税を免れるかもしれない」

しかし、クゥがここまで励みながらも、まだ課税額は、魔王城を破綻《はたん》させないレベルには及んでいなかった。

あともう少し、残り十日が、正念場であった。

「ふぅ……」

「クゥくん！」

一瞬、クゥが足をもつれさせ、倒れそうになる。

ブルーは大慌てで駆け寄り、彼女の体を支える。

「あ、はい……え？　あれ、どうしました？」

「キミいま、倒れかけていたぞ！」

「あ、すいません。ちょっと居眠りしましたか」

居眠り……というより、失神であった。

あきらかに、意識を失いかけていた。

「キミ、ちゃんと寝ているのかい？　いや、食べているのか？」

「お、おとといい！　おとといちゃんと寝ました！」

「睡眠は毎日取るものだ！」

ブルーは自分の配慮の足りなさを恥じた。

この小さな体で、日々煩雑さを増す業務をこなしていたのだ。

「大丈夫です大丈夫………あう……」

「すまない……僕は恥ずかしい……」

いつの間にか、彼女の有能さに甘えていた。

「楽しくて……」

それでも、クゥは笑顔であった。

「楽しい？」

「ずっと、一人で、本を読んで、いつ来るかわからないお客さんを待ち続けていたんです……やっと、わたしを必要だって言ってくれる人たちが来てくれた……わたし、今一番、生きているって実感があるんです」

「まったく……キミという人は……」

彼女の笑顔は、強がりでも、虚勢でもなかった。

本当に、純粋に、心から、クゥはみんなのために働けていることが、嬉《うれ》しいのだろう。

「だから大丈夫なんです。あと十日……過ぎたら、たっぷり休みますから……」

「いや、ダメだ。少なくとも、今日は休みなさい」

「でも……」

「もしキミになにかあれば……メイくんに殺される」

今日は、メイは別件で、城外に出かけている。

その用件は――

魔王城から徒歩で半日ほどの距離にある、竜族の巣。

メイはここに、ちょっとした「話し合い」に訪れていた。

「おのれがぁあああああ!! 貴様、今、なんと言った!!」

「はぁ……なに? 何度も言わなきゃいけないの? あのね、アンタ、人類種族の間でも超有名なのよ、竜族のトップだから」

メイが相対していたのは、魔族の中でも最強種……否《いな》、最恐種とも言われる、竜族の長、邪竜卿《きょう》であった。

「然《しか》り! 我は数多《あまた》の魔竜たちの長よ!」

人間の数倍——などという尺度では測れない、もはや小山が動いているようにさえ見えるほどの巨体。

その邪竜卿が一声放つ度に、大気は震え、地は揺らぐ。

「その我に、貴様なんと言った!!」

「で、人気あるから、観光資源としていっちょ活躍してって言っているのよ」

「ザケンじゃねぇええ!!」

メイがここに来た理由は、魔族領開発特区の一つ「観光特区」の、目玉アトラクションとして始める「ドラゴンくんの空中観光ツアー」の協力要請であった。

「なんでよー、その無駄にデカイ体の上に、ゴンドラ乗っけて、親子連れとか乗せて一日何回か空飛んで回れって言ってるだけじゃん」

「竜族の誇り舐《な》めとんのか!!」

邪竜卿は、初代魔王の頃からの有力種族であり、魔王軍四天王筆頭でもある。

その彼を観光資源化するなど、誰が言っても激怒されるのは免れない。

「今素直に言うことを聞けばよし！　聞かなければぶっ飛ばしてでも聞かせるわよ!!」

ならば、最初から怒らせて、力ずくで言うことを聞かせるのが一番。

そう考え、メイが「説得役」として赴いたのだ。

「よかろう、相手になってやる！」

舌なめずりをする邪竜卿。

これだけで、地上の民の99・99％恐怖に身をすくませるだろう。

だがどっこい、メイはその残り0・01％だった。

「うふふふふふ」

「な、なぜ笑う……!?」

不敵な笑みを見せるメイに、邪竜卿が訝《いぶか》しむ。

「いやいや……やっぱアタシ、こういう力押しなやり方の方が性に合っているのよね」

ここしばらく、頭の回転がものをいう展開が続いたため、久々の「腕っぷし」案件に、メイはうきうきしながら、拳《こぶし》を鳴らした。

場所を戻して、魔王城――

「人類種族にも知られた大魔族の邪竜卿《きょう》が、人間への友好を示してくれれば、魔族領開拓のための大きなアピールになるってのはわかるけど、無茶なこと考えるなキミらは」

意外にハジけたプランを立案するクゥに、ブルーは少し驚いていた。

「ドラゴンさんって、ある意味、魔王さん以上の有名人ですから、言ってみたんですけど……メイさんホントに説得に行くとは思わなくて……」

クゥも、まさかホントに、メイが「行く、行ってくる！」と笑顔で応じるとは思わなかったのだ。

「説得になるのかなぁ……拳《こぶし》で語り合う可能性が高いなぁ」

まさに今、「ド突き合い」と書いて「説得」の真っ最中であった。

「なので……どちらかといえば、わたしよりも、メイさんの方を心配してあげてください」

「いや、申し訳ないが、欠片《かけら》も危うさを感じないんだ。むしろ邪竜卿の方を心配している」

「あはは……」

普通に考えれば、「疲労で倒れる」よりも「ドラゴンとタイマン」の方が、命の危険度で言えば桁外《けたはず》れなのだが、メイに限っては、話は変わる。

「それはそれとして、さてどうするか……この城にいるのは魔族の医者だからなぁ。メイくんなら人間向けの治療も……あ、いやダメだな。彼女そっち系あんまり得意じゃないって言ってた」

「そうなんですか？　でも、ずっと一人で旅をしていたんでしょう？」

メイは今まで一人で旅をしてきた。

旅の道中でのケガや病気は、全部自分で対処してきた。

「そうなんだよ、でもそれも、かなり彼女らしいやり方でね……」

ちょっとくらいの傷ならば、酒をぶっかけ消毒し、薬草をすり込むなどで対処できる。

しかし、骨折などの大ケガ、さらには病の類《たぐ》いは、個人で対処するのは難しい。

「一応メイくん……治癒魔法も使えるんだけどね……ただ……」

「なにか問題でも？」

以前にそのことを聞いたブルーは、あまりのやり方に、言葉を失った。

「よく勘違いされるけど、治癒魔法って、あくまで『治癒力を増幅させて肉体の損傷を治す』であって、体力の回復とは別なんだ」

むしろ、体力のない状態の人にかけると、傷は癒《い》えるが衰弱してしまい、命に関わる。

「だから、病気の治療にも使えない。体内の病原菌も活発にするんで、悪化する」

「メイさんどうしてたんでしょう」

灼熱《しゃくねつ》の砂漠や、極寒の氷原を行くこともあった。

その土地の風土病にかかることもあっただろう。

「前に聞いたんだが……」

クゥに問われ、ブルーは額を押さえつつ答える。

「ボロボロの状態で、むりやり、肉とか薬草とか食いまくって、自分で自分に治癒魔法をかけたと……」

「え？」

「それで、自分の肉体と病原菌、どちらが先に死ぬかという状況にして、気合いで治したって言ってた……」

「それ、あの、それ」

一歩間違えれば死ぬ話である。

桁外《けたはず》れの精神力があればこそ耐えきったのだろうが、そうでなければ、体は治っても、頭がどうにかなってしまう可能性すらある。

「回復痛がすごいそうだが、うまくいけば半日で治るんだって」

「すごいというか、なんというか……」

あらためて、メイのたくましさを感じる話であった。

「さすがにキミにそれをさせるわけにはいかない」

「耐えられる自信はないです……」

クゥが同じことをすれば……いや、メイ以外の人間がすれば、間違いなく命に関わる。

「失礼します」

そこに、扉をノックして後、従者の魔族が現れる。

「陛下、謁見のお約束のお時間です」

「む、しまった。そうだった！」

用事があるのは、メイだけではなかった。

今日は特区の開発に関して、人類種族側の商会の長との会合が予定されていたのだ。

「大陸でも知られた、かなりの有名人なんですよね？」

やはり、大きな商談となると、双方のトップの会談は、形式的なものでも必要になる。

それればかりは、クゥにはできない仕事であった。

「うん、ユニオン――国家連合の議員も務めたほどの大物らしい……」

国家連合《ユニオン》……無数にある人類種族の国家のほぼ全てが加入する国際組織。

軍事、政治はもとより、国家間経済にも大きな支配力を持つ。

要は、魔族が人類種族と商売を行うには、決して外せない相手ということである。

「わたしにかまわず、行ってください」

とはいえ、目の前のクゥをほったらかしにもできず、ブルーは会談を一日ずらせないかと考えたが、それを察した彼女はあえて笑顔で、「気にしないで」と告げる。

「いやしかし……」

「大丈夫です。今日はもう帰って、休むことにしますから」

見張っていなければ、無理して働こうとすることを危惧《きぐ》されていると気づき、クゥはいたずらっぽく笑った。

「そうか、わかった……約束だよ、キミになにかあったら、メイくんに殺される」

「あはははは」

「いや、その、シャレ抜きでね……」

「あはははは……」

〝世界の半分〟目当ての仮面夫婦のはずなのに、こんなところはしっかりと嫁の尻《しり》に敷かれているブルーに、クゥはなんともいえない乾いた笑いを見せた。


そして……

「さてと……もうちょっとやりたかったけど、ブルーさん心配させるわけにはいかないし」

ブルーが退室して後、執務室に一人残ったクゥは、後片付けを終え、約束通り今日はもう休むことに決めた。

「そういえば……」

仕事を一旦止めたからだろうか、別の方向に頭が働き始めた。

「今日来る予定の商会の人って、どっかで聞いた覚えがあるなぁ。どこだったっけ……」

「おい、クゥ・ジョ」

しかしそれを思い出す前に、聞き覚えのある声が、彼女の耳に入る。

「はい！　あ、センタラルバルドさん」

「体調が悪いそうだな」

「あは……見られちゃいましたか……はい、恥ずかしながら」

そこにいたのは、魔王城の宰相、センタラルバルドであった。

（また、センタラルバルドさんに怒られそうだなぁ……）

人間嫌いのセンタラルバルドである。

体調管理をおろそかにし、彼の上司である魔王ブルーに余計な気を使わせたと、嫌味か小言を言われるかもと思った。

「今日訪れた、人間どもの商会の一行、そこに、医者が同行しているらしい」

「へ？」

「人間向けの栄養剤の類《たぐ》いも持っているはずだ。私が話を通しておいた。行って、もらってくるといい」

「えっと……あの……」

だが返ってきた言葉は、相変わらずの不機嫌な口調だが、自分を気遣ってくれるものであった。

「なんだ」

驚くクゥに、やはり不機嫌な声のセンタラルバルド。

「いえ、あの……ありがとうございます！」

「ふん！」

一息吐《つ》くと、センタラルバルドは背中を向け、去っていった。

「センタラルバルドさん……」

そこで、ちょっとした違和感に気づいた。

初めて彼は、自分の名前を呼んでくれたのだ。

「えへ……」

少しだけ温かな気持ちになったクゥは、教えられたとおり、城内に訪れている、人類種族の商会の一団が通された控室へ向かった。

数時間後——夜。

「ただいまー！　いやぁ～、あのドラゴンごねまくりやがって、しょうがないから拳《こぶし》でカタつけてきたわよ！　あ、これお土産のドラゴンのツノ、高く売れそうな気がするのよね」

邪竜卿《きょう》の「説得」に成功したメイ。

首級を見せるように、へし折ってきたツノを見せる。

「…………」

「なによ、暗い顔して？　いいじゃない、勝利の証《あかし》よ？」

しかし、ブルーの顔は暗かった。

いや、正確には、緊張にこわばっていた。

「違う、そうじゃなくて……」

ブルーはいつも緊張感がなく笑っているような顔の青年だ。

髑髏《どくろ》面を付けて、魔王らしく振る舞っていてもそれがにじみ出る。

その彼が、こんな顔をするのは、今までで初めてであった。

「メイさん、大変ですよ」

執務室にいたのは、ブルーだけではなかった。

彼の配下の魔物たち、メイやクゥの見知った顔が集まっていた。

その一人、リザードマンの兵士が声をかける。

「なにが、あったの……?」

ようやく、メイも、なにか深刻な事態が起こったことに気づく。

「クゥちゃんが、行方不明なのよ」

マーマンのおかみさんが、ただでさえ青い顔を、真っ青にさせて言った。

「なんですって………!」

「すまない」

「すまないじゃないわよ、このバカ!!」

自分のいない間は、クゥを頼むと、メイは何度も念を押していた。

怒りに任せ、いつものように殴りかかるメイであったが、ブルーはそれを片手で止める。

「今は、待ってくれ」

「ぐっ……!」

岩をも砕くメイのパンチ。

いつもなら、ブルーはふっとばされ、床を転がるところである。

しかし、今は「それに付き合う」余裕もない……それだけ、ブルーは真剣になっていた。

「……それで、捜索は!」

拳《こぶし》を下ろし、状況の報告をメイは求める。

「城中くまなくチェックしたが、彼女が城を出たことは、確認されていない」

集まっていた魔族たちの一人、城門警備のオークが手を挙げる。

「一日中城門に立っていましたが、クゥさんの姿は見ませんでした」

「まさか……城内のトラップに引っかかったとか？」

魔王城内には、好き勝手に増設しまくった、対侵入者用トラップがある。

その誤作動に巻き込まれたのではと思ったが、それもすぐにブルーに否定される。

「キミに言うのもなんなんだが、城内のトラップは、経年劣化でガタが来て、半分以上使用不可能になっていたので、君たちが来て以降は停止している」

さらに、城内のトラップ担当、自分も「生きるトラップ」であるミミックが言う。

「念のため、落とし穴なども確かめたけど……影も形もなかったよ」

「なら、一体どこに……？」

城を出ていない。

しかし、城内にもいない。

おそらく、ブルー自身が陣頭指揮を取り、城内をくまなく捜させたあとであろう。

そもそもが、魔王城内でメイとクゥはたった二人の人間であり、ただでさえ目立つ。

なのに、見つからない――

「あなたは、思い当たることはないか？」

「さぁて」

ブルーに問われ、執務室内にいた、魔族の一人が答える。

「私は、今日は彼女と話していませんので」

魔王城宰相、センタラルバルドは、いつもと変わらぬ口調であった。


数時間後――

「ううん……あれ……ここは？」

目が覚めた時、クゥは薄暗い部屋の一室にいた。

窓はない、灯《あか》りは部屋の隅の燭台《しょくだい》一つ。

「おお、目を覚まされましたか」

なので、その灯りではそこにいた男の顔までは、よく見えなかった。

「あなたは、誰ですか……？　ここは、どこですか？」

「さて、いきなり質問されても困りますね。一つずつ答えていくとしましょうか。ええっと、まずは、『私は誰か』ですか」

男はゆっくりと近づく。

灯りに照らされ、その顔が見えてくる。

「私の名は、フィッシャー・グッドマンと申します。人類種族領にて、国家連合の議員も務め、グッドマン商会の長でもあります」

それは、人間であった。

柔和な笑顔をたたえた、中年男性。

白を基調とした装いで、それだけ見れば聖職者か何かに思える。

「グッドマン……そうだ……思い出した………」

クゥはその名前に聞き覚えがあった。

人類種族領において、屈指の大商人。

国家連合――ユニオンの議員でもあり、国家間通商のフィクサーとも言われる男である。

「なぜあなたがここに……？　あなたは、確か……特区への業務提携の申し入れに来たはず、そのあなたが……なんでわたしの前にいるんです？」

そして、今日魔王ブルーとの会談に訪れていた男だ。

「なぜ、わたしは……縄で縛られているんですか⁉」

その男がなぜここにいるのかわからない。

その上、なぜ自分は、椅子《いす》に縄で縛られ、この男の前にいるのかもわからなかった。

「確か、わたしは……」

頭が、モヤにかかったような気持ち悪さに包まれている。

寝起きというだけではない。

これはあきらかに、なにかの薬物の影響だった。

「そうだ……あなたのお供の方から、栄養剤をいただいて、それで……」

センタラルバルドに勧められ、あのあと彼女は、グッドマンの一団に属する医師から、栄養剤を分けてもらった。

その場で飲んで、礼を言って帰ろうとした。

その後の、記憶がない。

「いけませんねぇ。若い娘さんが、人からもらったものを。疑いもなく口に入れるのは」

あの中に、なにかを仕込まれたのだ。

「なに、ちょっとした睡眠薬です。当社の商品でね、貴族の方々が、お嬢様方を口説く際にお使いになられる。無味無臭で、即効性、すばらしいでしょう?」

「なんで……そんな……」

口調こそは丁寧だが、ゾッとするような話を、当たり前のように繰り広げている。

「よく眠っておられましたねぇ……よほどお疲れだったのでしょう。身を粉にして働くその姿勢、素晴らしい！　当商会の従業員たちにも見習わせたいものです」

「なにを……したんです……」

クゥの中に、今までにない嫌悪感が生まれた。

彼女がこのような感情……「生理的嫌悪」を抱くことは、もしかして、人生で初めてだったかもしれない。

「ご安心を、なにもしていません。ええ、誓って」

「ひっ……」

言われれば言われるほど、虫唾《むしず》が走る。

「ただ、逃げられると面倒なので、縛らせてはいただきました。あなたは大変、邪魔なので」

「邪魔……わたしがなにをしたって言うんです……」

グッドマンのことは知っていたが、名前くらいのものである。

少なくとも、こんな扱いを受けるような覚えはない。

「おやおや……自分の罪深さを、あなたはご存じではないのですか。あなたは、世界の均衡を崩そうとしているのです」

グッドマンは、愚かな不信心者に、その罪を自覚させるように、さながらなにかの説法のように語りだす。

「国債を大量に発行し、国家予算の数倍規模の金を投入する……それがなにを引き起こすか、あなたはわからないのですか？」

「まさか……インフレのことを言っているんですか？」

インフレとは、インフレーションの略。

物価の上昇が起こり、貨幣価値が下がることを言う。

「然《しか》り！　市場に金が溢《あふ》れ過ぎればどうなるか……世界というのはバランスでできています。シーソーです。金が市場に流れ込めば、金の価値は落ちます。すなわち、際限なく物価が上昇してしまう」

インフレは市場に金が溢れすぎることでも起こる。

例えば、リンゴが一つ100イェンであるとするならば、それは同時に、100イェンはリンゴ一個分の価値を持つということだ。

リンゴが取れすぎれば価値が下がるように、金が増えすぎれば、金の価値も下がる。

100イェンのリンゴが200イェンになり、300イェンになることもありうるのだ。

「インフレーション……悪魔の現象だ。物価が上がれば、貧乏人はその日の糧すら得られなくなる。その事態を引き起こさぬよう、私たちは常に世界の均衡を守ってきたのですよ」

「それは……あなたは、市場を操作してきたということですか!?」

「均衡を守っていたと言いなさい」

グッドマンは、国家連合の議員の一人。

その中でも大物であり、世界の貨幣価値を操作する権限すら有する。

市場に流れる金の量を操作し、銀行の利率や、物価指数、それだけではない、相場そのものを支配していたということだ。

「なにを言い出すんです……そもそもインフレは……」

だが、言いかけて、クゥは言葉を止める。

グッドマンの持つ権限は強大だが、それだけで世界の経済を完璧《かんぺき》には支配できない。

「今……私〝たち〟と言いましたか……？」

彼の言っていることが正しければ。

グッドマンが本当に市場経済を操作していたというのなら。

協力者が、必要不可欠となる。

「ええ、私の信頼する同志とともに、我らは二十年以上にわたって、世界を司《つかさど》ってきたのです」

「まさか……それは……」

「そう、そのとおりだ」

部屋の扉が開き、もうひとり現れる。

室内は暗い、灯《あか》りの光も届かない。

それが何者かわからない。

だが……聞き覚えのある声だった。

「我々が、世界の均衡を守ってきたのだよ」

その男は――

一方、魔王城――

「クゥはどこ行ったのよ……この城からは、出てないんでしょ！」

「そのはずなんだが……しかし……」

ブルーとメイは、魔王城内の捜索を続けていたが、クゥは見つからない。

二人の焦りはさらに濃くなっていた。

「なにをしているのです？」

そこに現れたのは、税天使のゼオスであった。

いつものように前触れもなく突然に。

「ごめん、今アンタの相手をしているヒマはない！」

いっぱいいっぱいの今のメイには、付き合っている余裕はなかった。

「この城からは、本当に出ていないのですか？」

「分かっているなら聞かないでよ……」

聞いておきながら、ゼオスは事情を察していたようであった。

「その、はずだ……」

重い声で、ブルーが答える。

「今日、来客があったそうですね？　彼らが外に運び出したとは、考えられませんか？」

「グッドマン氏か？　挨拶《あいさつ》に来られて、簡単なやり取りはしたが……一応、城の入出時に、持ち物検査は行った。人数のチェックもしている」

「そのチェックは、人間のみではないのですか？」

「そりゃあ……待て、キミはなにを言いたいんだ？」

仮に、クゥがグッドマンらに連れ去られたとしても、城門を通る際に発覚する。

小柄な彼女ならば、荷の中に入れることも可能だろうが、その検査も行われる。

停戦時とはいえ、魔王城は文字通り「王の城」だ、人も物も、入出の管理は厳しい。

「魔族側に内通者がいたとしたら？　その人物が、通常の出入り口以外の場所も知っていたとしたら？」

「回りくどい！　なにが言いたいの！」

いらついたメイが、机を叩《たた》きながら問いただす。

「センタラルバルド氏は、どこに行かれたのでしょうね」

彼は、すでに城から自宅へと帰った。

魔族至上主義者であり、メイだけでなくクゥのことを――とくにこの数か月は、自分の財政計画を崩されたこともあって、嫌悪している。

残業してまで捜索に付き合う気はなかったのだろう。

「まさか、彼を疑っているのか……？」

人類種族を毛嫌いしているセンタラルバルドが、人類と手を組むなどありえない。

ブルーはそう思ったが。それを踏まえた上でゼオスは返す。

「そうですね。でも、だからこそ、怪しまれないとも言えます」

「それって……アイツの人間嫌いはフリだったってこと？」

人間嫌いを装い、秘密裏に人類種族と裏でつながっていた……メイはそう考えた。

「考えづらい……彼は三百年生きている魔族だぞ。その間、ずっと装い続けていたということか？」

ブルーは即座に否定する。

彼が魔王となってからだけでも二十年の付き合いなのだ。

そんな長期間、偽りの自分を演じ続けるなど、考えづらい話だった。

「あなた方は、善良なのですね」

二人の反応を見て、ゼオスはつぶやいた。

「バカにしている？」

「逆です。思い至る必要など、善良な者たちにはないものです」

メイは不愉快そうな顔をしていたが、ゼオスにとっては、心からの感想で、褒《ほ》め言葉と言っても良かった。

「世の中には、いるのです。己の目的を果たすためならば、悪魔に魂を売ることをいとわない者も……それが魔族であるならば、〝人間に与《くみ》する〟ことすら是とするでしょう」

なんらかの野心を持ち、それを果たすために、自分にとって最も嫌悪する者とすら取引をする――「憎悪する相手と協力する」矛盾を成り立たせる決断をしたということだ。

「…………」

「ブルー……転移魔法、使える？　あいつのとこに」

言葉を失うブルーに、メイは問いかける。

「メイくん……」

「そうじゃなけりゃいいだけの話。もしそうだったら、アタシのせいってことにして。アンタはむりやりやらされた、いい？」

宰相という、魔族のナンバー２に、誘拐容疑をかけるのだ。

もし間違っていれば大問題となる。

メイは、いざとなれば自分が泥をかぶるから、行くだけ行ってみようと言ったのだ。

「うむ……」

重い顔で、ブルーはうなずく。

メイの配慮は、同時に、「長年ともにやってきた腹心を疑う」ことに苦しむ彼への、気づかいでもあった。

クゥの前に現れたのは、センタラルバルドであった。

「センタラルバルドさん……あなたが、なぜ……?」

「なぜもなにも、ここは私の屋敷なのでね」

魔王城近郊――センタラルバルドの屋敷の地下。

そこが、クゥが監禁されていた場所だったのだ。

「なんてこと……! でもあなたは、人間が嫌いなのでしょう? なのになんで……」

「私とよしみを結んでいるか、ですか?」

困惑するメイに、グッドマンはおかしそうに言う。

「二十年以上にわたって……と言ってましたね。つまり、魔族と人類の戦争中も、あなたたちは繋《つな》がりがあった、ということですか?」

人類種族、そして魔族、双方のトップクラスが、秘密裏につながっていたということだ。

「そもそもが、両種族の戦争を長期化させていたのも、我らの仕掛けだ」

「そんなことが……できるなんて……」

くだらなそうに言うセンタラルバルド。

今のクゥは、世界で最もおぞましいものを目の当たりにした心境であった。

彼らは互いの種族を欺《あざむ》いていただけではない。

双方を争わせて、無駄な死者を積み重ね続けていたと言っているのだ。

「不可能ではありません。戦争というのは、要は利益の奪い合いです。そこを、ちょんと刺激してやれば、いくらでも勝手に回ります」

彼らがなにを目的としていたか……悲しいことに、クゥにはそれがわかった。

こんなこと、理解《わか》りたくはなかった。

あまりにも、外道すぎる。

「あなたたちの目的は、戦争による特需……などではないでしょう」

「ほう？」

グッドマンが、興味深そうな声を出す。

戦争の長期化、と聞けば、誰もがそれを思う。

しかし、経済という観点から見れば、それはおとぎ話なのだ。

「戦争は消費行動の極みです。しかし、それに見合う供給が行われなければ、結果として市場の混乱を招き、収支はむしろマイナスになります」

「これはこれは……驚いた。センタラルバルドさん、彼女は優秀ですな」

「ああ、だから危険なのだ」

クゥの優秀さを、グッドマンは心から称賛する。

そして、センタラルバルドも。

だが、ただ褒《ほ》め称《たた》えたのではない。

その優秀さこそが、彼女が拉致《らち》された理由なのだ。

「そのとおりです。世間では、戦争が起これば商人が儲《もう》かると勘違いする者たちがいますが、存外金にならんのですよ。少なくとも、長期の膠着《こうちゃく》状態ではね」

戦争は究極の消費活動、莫大《ばくだい》な金と人とモノを消費するが、なにも生み出さない。

それでも、需要を刺激することで、産業を活発化させる効果はある。

「戦争で儲かる」というのは、そのパターンだ。

だが、長く地味な膠着状態ではそうはいかない。

「無駄に労働力を徴発され、その割りに消費は伸びない。だが、社会の生産力をある程度注がねばならない。無駄の極みですな」

言葉とは裏腹に、グッドマンの口調は愉快そうであった。

「長期的な膠着状態……冷戦を引き起こすことで、軍事費を膨張させ、同時に、消費に見合わない生産体制を取らせる……」

一方、クゥはアタマを回転させ、彼らの「目的」を推理する。

「あなたたちの目的は、市場に過剰な供給を行うことで、逆インフレ……デフレーションを起こすこと……？」

「正解です」

デフレーションとは、物価が下がり続け、通貨の価値が上がる状態のことを言う。

「戦争状態というのもいいものでしてね。平時では行えない生産や流通の統制を行うことができます。また、労働者の賃金を制限することも可能です」

様々な産業において、一つ共通することがある。

それは、もっとも金がかかるのは「人件費」であることだ。

「賃金を抑え、原材料取引価格を統制し、物価の抑制を行ったのです。おかげで、人類種族領には、安くて良い品が溢《あふ》れるようになりました」

楽園を管理する神の使徒のように、グッドマンは己の行いを誇っていた。

「なにを……」

しかし、クゥは真っ青な顔になった。

この男はなにを言っているのか——同じ言葉に聞こえる、まったく異なる意味の言語を使っているのではと疑う程であった。

「なにを言っているんですあなたは……人件費を抑えるということは、労働者に適正な給金が支払われていないということですよ？」

「代わりに、安い品が手に入る。給金は少なくとも生活はできます」

「それは安い品が手に入るんじゃない！　安くしないと売れないから、原価ギリギリまで価格を下げさせられているだけです！」

クゥは、自身の経験を思い出した。

どれだけ真面目に働き、丁寧に世話をして、良い品質の羊毛と乳を納めても、「品が余っている」と言われ、買い叩《たた》かれた。

　これが、人類種族領全体で起こっているのだ。

「品物が安いということは、支払っている給金が少ないということ！　労働者は同時に消費者でもあります。消費が抑制され、市場が衰退しているんです！　まともな経済成長が起こらなくなっているんですよ！」

　それを繰り返せば、待っているのは「働けば働くほど苦しくなる」蟻地獄《ありじごく》のような世界だ。

　いや、すでに、世界は半ばそうなりかけている。

「それが問題でも？」

「え……」

　だが、グッドマンには、クゥの叫びは通じなかった。

「人は欲望の動物です。成長を続ければ、我欲を膨らませ、現状に満足できなくなります。貪《むさぼ》り、食らい尽くし、それでも足りず、社会は崩壊します」

「そんなこと……！」

　震えながら、クゥは反論しようとする。

　しかし、それを遮り、グッドマンはさらに持論を並べた。

「それが真実なのですよ。供給を超えて需要が増せば、なにが起こるかはご存じでしょう」

　彼が恐れているのは、インフレーションであった。

「あれこそ悪夢の状態です。際限なく求め続けた結果、際限なく物価は上昇します。その果てにあるのは経済の崩壊です」

「我々はそうならないようにしてきたのだ。拡大しようとする両種族の業を抑え続けてきた」

それに続き、センタラルバルドも、自己正当化を始めた。

「あなた方は、インフレを抑えるという名目で、デフレの渦を生み出しているだけです！」

再び、クゥは叫ぶ。

彼らの行っていることは、「統制経済」であった。

市場の流れを意図的に操作し、成長を阻《はば》む。

経済政策において、最大の悪手であった。

「それでもマシだ」

だが、それでもセンタラルバルドは、己の行為に、いっさいの後ろめたさを持っていなかった。

「過度な成長と、際限ない欲望に支配され、奈落に落ちるよりは、遥《はる》かにマシだ」

「あなたは……なにを言っているのですか……？　今よりもひどいなにを見たというのです？」

言っている意味がわからない――という意味で尋ねたのではない。

センタラルバルドは、この歪《いびつ》な経済状況より、なお酷《ひど》いものを知っている。

そう思ったからこそ、クゥは問うた。

「私の先祖はな、ゴルドバルン王朝の臣下だった」

それは、ブルーの一族の前の魔王が開いた王朝である。

「ゴルドバルン王朝は、魔族領の制覇だけに満足せず、大陸統一を目指し、人類種族領への大侵攻を計画した」

最初こそは大勝に次ぐ大勝だったが、調子に乗って攻め続け、伸び切った戦線は分断され、兵たちは各個撃破で滅ぼされる。

「その結果は悲惨なものだった。遠征は失敗し、金と命を浪費し、統治能力すら失ったゴルドバルン王朝は、新たな乱世を呼んだ挙げ句、滅びて消えた」

亡国の家臣たちほど、哀れな者はない。

領地を失い、地位を失い、命は助かっても、見せしめとして惨めな生活が待っている。

「私の先祖は、初代ゲイセント王に這《は》いつくばって庇護《ひご》を求め、ようやく家名を存続させたのだ……今もなお、その醜態は語られ続けている！」

「それが……それが……こんなことをした理由なんですか……？」

「そうだ！　欲望に支配され、愚かな拡大を企《たくら》み崩壊するくらいなら、永遠の安寧の中にいるほうがずっとマシなのだ！」

そのためにセンタラルバルドは、不要な成長を抑え、ひたすら世界を制御してきた。

それこそ、蔑《さげす》む人類種族と手を組んでまで。

「緊縮財政と増税政策も、そのためだったと言うのですか！」

「そうだ！　余計な成長などしなくていい、堅実に、今を守ることを――」

「ウソです！」

己の正当性を訴えるセンタラルバルドであったが、それをクゥは喝破する。

「あなたは、ウソを吐《つ》いている……気づいているのに、気づかないふりをしている！」

「なにを言い出す……」

グッドマン、そしてセンタラルバルドの持論は、一聴すれば分があるように思える。

そうでなくとも、彼らなりに、世界の安定を思ってのものと感じるかもしれない。

だがそれは違う。

クゥは、彼らの思考のその奥を、見破っていた。

「あなたたちが敷き続けた、この二十年……社会の成長を止め、経済を停滞させ……それがどういう意味か、わからないとは言わせません！」

そもそも、たとえなにもしなくとも、社会は成長する。

どんな国でも種族でもそれは変わらない。

「知能を持つということは、創意工夫を繰り返すということです！　同じ作業でも何度も繰り返せば、効率は上がり、生産量は増します！」

たとえ幼子でも、同じパズルを何度も組んでいれば、解くまでの速さは増す。

もしくはさらに複雑なパズルを解けるようになる。

「なのに、意図的に成長を阻《はば》むということは……社会を人体にたとえるなら、赤子を鉄の箱に閉じ込めるようなものです。骨はきしみ、肉は歪《ゆが》み、内臓を圧迫する！」

彼らはインフレが起こることを、まるで悪夢のように言っているが、インフレとは必ず起こることであり、むしろ起こらないほうがおかしいのだ。

いや、起こらなければ、「おそろしい」ことになるのだ……

「まさか……あなたは……」

そこまで話してから、クゥは気づく。

彼らが、それを解《わか》っていないわけがない。

もし解った上でやっているのだとしたら、それは――

「ふふふ……いけませんねぇ、お嬢さん」

それ以上語ることを、グッドマンは許さなかった。

彼は、袖《そで》の下からなにかを取り出す。

「グッドマン、なんだそれは……」

「なに、ちょっとしたオモチャですよ」

センタラルバルドに尋ねられ、変わらぬ、聖者のような顔で答える。

「火薬の力で鉛玉を撃ち込む道具です。これを人間に向けるとね、死ぬんですよ」

「そうか……」

それは、フリントロック・ピストルと呼ばれる、火打石によって火薬を爆発させ、弾丸を撃ち出す――拳銃《けんじゅう》であった。

「ひぃ……」

「やっかいなお嬢さんです。そこまで気づかれてしまっては、もう、こうするしかないですね」

口調こそ、「やむなく」「仕方ない」と言いながらも、最初からその予定であったかのように、迷いのない動きで、銃口をクゥに向けた。

「やだ……こんな……」

間近に迫る死を前に、クゥは震える。

「こんなところで死ぬなんて……」

死の恐怖、それもある。ないわけはない。

だがそれ以上に、「こんなところで死ねない」という悔いのほうが大きかった。

「わたしはまだ、世界の半分もやり遂げてないのに！」

メイとブルーの顔が浮かんだ。

彼らのために、喜んでくれた二人のための仕事、まだ半分も終わっていないのに、もう半分が残っているのに。

「さらばで――」

無情に、引き金が引かれようとしたその寸前――

突如、凄《すさ》まじい振動が、地下室を……否《いな》、センタラルバルドの邸宅全体を震わせた。

「ぬっ、なんです!!」

「これは……転移魔法を使って、何者かが私の屋敷に侵入を試みたか！」

センタラルバルドの邸宅周囲には、分厚い結界が張ってある。

それを知らずに入り込もうとすれば、結界に弾《はじ》かれる。

この衝撃と振動は、それによって起こったものだ。

「誰が来たというのです!?」

グッドマンの顔に、焦りが浮かぶ。

「考えるまでもない……陛下……困ったお方だ」

転移魔法は高等魔法の一つ。

人類、魔族合わせても、そう多くの者は使えない。

「ブルーさん……！」

その中で、今この屋敷に来る可能性のある者は、魔王ブルーしかいなかった。

屋敷の外――そこでは、転移魔法で乗り込もうとし、直前で弾かれ、地面に転がされた、ブルーとメイの姿があった。

「あいたたた……ちょっと、今回はいつにもまして着地ミスってるじゃない！」

怒鳴りつけるメイであったが、一方ブルーは、そんな彼女に反応する余裕もないほど、顔に苦痛の色を浮かべていた。

「ぐっ……」

「ちょっと、血が出てんじゃない、アンタ！」

「聖柱結界……厄介なものを！」

憎々しげに、ブルーはつぶやく。

「それって……まさか、鏡面魔法!?」

鏡面魔法――その名の通り、鏡のように相手の攻撃……もっと言えば、「力の流れ」を反射させる魔法である。

聖柱結界はその中でも最大クラス。

侵入しようとする相手の力が強ければ強いほど、その力をそっくり弾き返す。

ゆえに、この時ブルーは、己の力をそのまま叩《たた》き返され、深刻なダメージを負っていた。

「確か、大きさに比例してその術の効果も高く……柱……もしかして、この屋敷の四方の見張り塔がそれなの!?」

邸宅の周囲を見回すメイ。

巨大な尖塔《せんとう》が、屋敷の四方に立っている。

これが、結界の要《かなめ》となる「柱」だとしたら、その防御力と効果範囲は、城塞《じょうさい》防御級。

魔王城よりも堅固な、見えざる壁が張られているということだ。

「そうか、センタラルバルドさん、あなたはやはり、最初から……」

痛み以外の理由で、沈痛な顔になるブルー。

聖柱結界は、人類種族の編み出した魔法。

本来は、大神殿などの聖地を護《まも》るために用いられている。

これを備えているということは、彼が長きにわたって人類種族と裏取引を行っており、クゥをさらった犯人であるという、なによりの証拠でもあった。

「ちぃ……四つの塔を全部破壊するのは、なかなかホネね……」

「そんなヒマはない。その間に、彼はクゥくんになにをするか……」

聖柱結界を破壊するには、要となる柱全てを破壊しなければならない。

当然、そこにはそれ相応の兵士を配置しているだろう。

メイとブルーの二人なら突破は可能だが、その間に、センタラルバルドは、クゥを連れて逃げてしまうかもしれない。

いや、最悪、彼女を始末するかもしれない。

「じゃどうすんのよ！」

「こうするんだ！」

叫ぶメイに、ブルーは答えると、立ち上がり、見えざる結界に向かって、手をのばす。

「なにを!?」

「うおおおおおっ!!」

結界の「弾《はじ》く」力が、ブルーに襲いかかる。

魔王である彼には、ただ近づくだけで、結界が反応する。

ましてやブルーは、触れただけではなく、力ずくで、結界をこじ開けようとしていた。

「無茶よ!!　結界の反動が全部自分の側に戻っている！」

彼が今やっていることは、素手で自分の腹を引き裂いて、臓物を引っ張り出しているに等しい。

「聖柱結界とて、完璧《かんぺき》ではない……！　僕に返ってきた力を再びそのまま叩《たた》きつける……それを繰り返せば、共鳴現象で……聖柱自体の耐久限界に達し、破壊できるはずだ……！」

結界の「弾く」力に、弾かれた自分の力にさらに自分の力を加え叩きつける。

それを延々と繰り返せば、結界自体の力に、要となる四つの柱が耐えきれなくなる。

ブルーは、そこに賭《か》けたのだ。

「その前にアンタがバラバラになるわよ!!」

「そこは……僕の体の頑丈さに賭けるしかないなァ……」

「バカッ！　こんなときまで……」

死にも勝る激痛を前に、むりやりニヤケ笑いを浮かべるブルーに、メイは泣きそうな顔で叫んだ。

「ぐおおおおおおっ！！！」

賭《か》けは、ブルーの勝ちだった。

四つの柱が、巨大なハンマーに叩《たた》き壊されたように砕け散る。

「がはっ!!」

だがそれはあくまで僅差《きんさ》の勝利。

体中から血と肉片を散らし、ブルーは倒れる。

「ブルー！」

「ごめん……メイくん……ちょっと、立てなくなっちゃった……」

意識があるだけ、無理矢理でも軽口が叩けるだけ奇跡であった。

本来なら、死んでいないほうがおかしい重傷である。

「体中引き裂かれて、血の海できてんじゃないのよ……」

「あとは、頼んでいいかなぁ……？」

「ったく……そこで、寝てなさい!!」

「ごめんね……」

言いながらも、メイの目が「あとは任せろ！」と言っていることが、ブルーには伝わっていた。

そして、邸内地下室。

結界が破壊された衝撃は、ここにまで伝わっていた。

「力ずくで破壊したか……勇者メイ、違うな……陛下か、無茶をなさる！」

苛立《いらだ》った口調のセンタラルバルド。

魔王ともあろう者が、人間の小娘を救うために、己の身を瀕死《ひんし》においやったことを、彼は嘆いていた。

「どうなっているのですセンタラルバルドさん！　このままでは……すぐに退避せねば！」

「無駄だ」

慌てるグッドマンに、吐き捨てるように言う。

聖柱結界を力づくでこじ開けるなど、正気の沙汰《さた》ではない。

そんなことをすれば、ブルーと言えど、動くこともかなわなくなる。

それをしたということは……

（自分が動けなくても、この事態を解決できる者が同行しているということだ）

センタラルバルドの予測を裏付けるように、上階から、剣戟《けんげき》の音が響く。

邸内の警備兵を凄《すさ》まじい勢いでなぎ倒し、何者かが近づいてきていた。

そんなことができる者など、一人しかいない。

たった一人で魔王城まで殴り込み、魔王の眼前にまで立った女。

「ちっ……なんて速さだ！」

彼がつぶやいたのと、扉が切り裂かれたのは、ほぼ同時であった。

「よくも……やってくれたわね、センタラルバルド」

「やっと私の名前を覚えたか……」

現れたのは、勇者メイであった。

目は怒りに燃え、手には彼女の意志力に応じ刃《やいば》を生み出す「光の剣」が握られている。

「わざと間違ってやってたのよ。人間嫌いのアンタが、人間のアタシに、名を呼ばれるなんて嫌だろうと思ってね」

「それは気づかなかった。配慮のできる女だったのだな、貴様は」

「そうね、結局わかり合えなかった……」

もはやメイは、センタラルバルドへの一切の躊躇《ちゅうちょ》を捨てていた。

ブルーの腹心であろうが、知った顔であろうが、もはや関係ない。

斬《き》って捨てて殺す、その決意があった。

「メイさん……」

「よかった。無事だったのね」

それでも、捕らわれていたクゥが無事であったことを知り、わずかに笑みが戻る。

「アンタか……その子をさらったのは……」

だがすぐに、彼女の隣にいた、犯人の一人、グッドマンを見て怒りの炎を再燃させる。

「うぐ……ん？」

どれだけ聖人君子ヅラをしていても、しょせん彼は商人でしかない。

自慢の銃も、メイ相手には竹ひごと変わらない。

「残念よセンタラルバルド、ブルーはアンタを最後まで疑っていなかった。ゼオスに言われ、念の為《ため》にと来たくらいよ」

「そうか、陛下には悪いことをした」

聖柱結界、グッドマン、そしてクゥ、全ての証拠は揃《そろ》っている。

魔族の宰相といえど、言い逃れはできない。

「アンタは、やっちゃいけないことをやった……許してやる気はない」

光の剣を構えなおし、二人に斬《き》りかからんとするメイ。

「アタシの剣は、アタシの感情を糧として力にする……わかる？　この太くて分厚い刀身……たとえドラゴンだって一刀両断にできるわ!!」

光の刃はさらに大きさを増し、巨人の包丁のようになっている。

「あなたは……」

だが、メイは気づかなかった。

怒る彼女を前に、縮み上がっていたグッドマンの顔に、別の表情が生まれていた。

「あなたは……メイ？　メイ・サーですか？」

「なによ、アンタ……アタシそこまで有名人だったかしら？　まぁ、悪名の方でだろうけど」

いきなり名を問われ、わずかに調子が狂うメイであったが、即座にどうでもいいとばかりに続けようとする。

しかし、そうはいかなかった。

「なんと……噂《うわさ》に名高い〝銭ゲバ〟勇者が、あなただったとは……」

「はぁ……なに言って――――え？」

メイの名前は、人類種族領では知られたものである。

ロコモコ王との一件などかわいいもの、中には都市伝説並みに語られ、親が幼子に「悪い子のところには勇者メイが来るよ」と言う始末である。

だがその実態に反して、彼女自身の顔は、あまり知られていない。

「久しぶりですねぇ……メイ・サー」

だから、グッドマンも気づかなかったのだ。

あの勇者メイが、〝メイ・サー〟であることに。

「ウソ………」

メイの顔が青ざめる。

「メイさん……知っているんですか、この人を……」

捕らえられているクゥが、自分のことも忘れて、メイに問いかける。

無理もない話である。

日頃傲慢《ごうまん》かつ不遜《ふそん》で通し、王様だろうがドラゴンだろうが魔王だろうが、容赦なくぶっ飛ばして己が道を突き進んできた彼女が、〝怯《おび》えている〟など、信じられなかった。

「知っているもなにも………昔、私の商会で働いていたでしょう?」

「ぐっ………」

グッドマンがニヤリと笑い、一歩踏み出す。

途端に、メイは一歩下がった。

「メイさんが言っていた、あの……奴隷みたいに働かされていた……?」

孤児たちをかき集め、低賃金で長時間労働を課した、悪徳業者——それが、目の前のグッドマンだったのだ。

「これはひどい！　宿なし親なしの子どもらを拾って、屋根と寝床と食事と、そして仕事を与えてやった私を、そのように言っていたのですか!?」

「だ、黙れ！　あんな雨漏りのするような部屋で、ボロ布をあてがわれ、塩水みたいなスープで、なにを言うのよ！」

心から「心外な」という顔のグッドマンに、メイは怒鳴り返す。

しかし、いつもの〝強さ〟は失われていた。

「それでも路地裏で生ゴミを漁《あさ》るよりは、ずっとマシでしょう？」

「病気で働けなくなって、死んだヤツも山ほどいた！　無茶なノルマを押し付けられ、夜中まで働かされて……それでろくな給金も払わなかったじゃないの！」

「働けなくなった者を養う義理はないでしょう。それともあなたが養うのですか？　できないでしょう？」

「でも……！」

グッドマンの言葉を前に、メイは一歩、また一歩と引き下がっていく。

どれだけ抵抗しても、彼女の心が、怯えきっていた。

「ノルマも果たせなかったのは、努力不足ではないのですか？　不平不満を言う前に、自分がその資格のある人間でしたか？　それを証《あか》せますか？」

「だけど……」

「給金が少なかったかもしれませんが、あなたたちから奪ったわけではない。社会の底辺に這《は》いつくばる、そのままでは無価値だった者たちを救ってやったことへの感謝を、まず、最初にすべきではないのですか？」

「……」

ついにメイは言い返せなくなった。

はたから見れば、異様な光景だろう。

滑稽《こっけい》と思う者もいるかもしれない。

しかし、メイは幼少期にグッドマンに拾われ——いや、「飼われて」いたのだ。

恫喝《どうかつ》と暴力をもって、徹底的に人格を破壊され、「自分は用無しの無駄飯食らいの役立たず」と、心の奥底まで刻まれたのだ。

這《は》いつくばって、踏みにじられながら、「ありがとうございます」と言わされ、言ってしまったのだ。

「あなたは勇者になったそうですね？　それはたまたま持っていた才能のせいもあるが、ここまで強くなったのはそれだけですか？　あなた自身、多くの苦難を超え、努力を重ね、自己を練磨し、たどり着いたのではないのですか？」

グッドマンはさらに続ける。

言葉の毒を、メイに浴びせ続ける。

「だからこそあなたは強者となり、相応の地位と名誉を手に入れた。違いますか？　努力さえすれば、励めば、あなたほどではないが、誰しもなれる可能性がある。それを無視して……自分の至らなさを棚に上げ、金を寄越せ？　もっとメシを食わせろ？　それは甘えではないのですか……社会はそんな優しくない」

努力至上主義と、自己責任論。

「世の中そんなに甘くない」「文句を言う前に努力をしろ」、一見きれいに見える、「正しいだけの言葉」が、メイの心に突き刺さる。

「だけど……でも……アタシは……！」

その刃《やいば》は、メイの心のなかに、さらに毒を浸透させる。

「そうかもしれない」と、グッドマンの言葉を肯定させようとする。

「あなたが私の工房を逃げ出した後、どうなったかわかりますか？」

「え……？」

「少ない人員でなんとか回していたのに、一人抜けたことで、その負担は他の者に降り掛かった！　ただでさえギリギリのノルマは、他の者たちが負担したのだ！」

「だって……だって……！」

「だってではない！　自分ひとりが楽しようと逃げ出し、他の者たちを苦しめたのだ！」

心の中でどれだけ抗《あらが》おうとしても、抗いきれない。

違うと思っているのに、それを言葉にできない。

「あなたは今、勇者となって、魔王相手に〝世界の半分〟をもらったそうですね」

「なによ……それが…いけないっての……」

「いけなくはない……だが――あなたもまた、私と同じだということだ」

ニヤリと、グッドマンは笑った。

「なんでそうなるのよ!?」

「違いませんよ。あなたは私が、弱き者を虐《しいた》げ、支配していたと思っているのでしょう？　だから、私みたいになりたいと思ったのだ」

「違う！」

「同じです！　今度は自分が、支配者になりたいと思ったのだ。だからその欲に駆られ、勇者としての使命を放棄し、魔王に魂を売った！」

「売ってない！　アタシは……アイツは……そんなんじゃない……！」

メイの足元がふらついている。

立っていることさえ難しくなっていく。

「私は口を酸っぱくして言ったね……お金のためではない、生きがいのために働きなさいと。仲間を大切にしなさいと。ともに力を合わせ、お金のためではなく、みんなの幸福のために励みなさいと……」

かつて彼女は、グッドマンに屈した。

自分の全てを否定され、彼に服従する生き方を「選ばされ」た。

「あなたはそれがわからなかった……だから、我欲に走り、自分の欲を満たすための行為を働いた。なんとも醜い。自分ひとりが良ければいいのか」

　一度はそこから逃げ出すことで人間性を取り戻したが、完全に克服はしていなかった。

　それはある種、一種の洗脳。

　物事の判断の全てを、相手に奪われたようなものである。

「ん……」

　その様を、くだらなそうに、センタラルバルドは見ていて気づいた。

　巨人の包丁ほどあった光の剣が、今では細く、短く、レイピア程度の長さになっている。

（愚かな女だ……心が、折れかけているのか……）

　光の剣の刀身は、メイの感情に左右される。

　この今にも折れそうな細身の刀身こそ、彼女の今の心の在り様なのだ。

「お前のような悪どい女が、世の中を食いつぶさぬように、私は必死で世界を律していたのだ。皆がともに貧しさに耐え、励み続ければ、生産性も上がり、平和な世界が到来した。その真意もわからず――」

「違う!!」

「なにぃ？」

　グッドマンが、とどめとばかりに声を張り上げたその時、クゥが叫んだ。

「メイさん、騙《だま》されちゃダメです！　この人の言っていることはウソです！」

縛られ、囚《とら》われのクゥは、それでも、目の前のメイを救うために声を張り上げる。

「黙れ！」

「黙らない！　あなたはわたしの友だちを、メイさんを侮辱した！」

怒鳴りつけ、銃を突きつけるグッドマンだったが、クゥは止まらない。

「だからわたしは、それを否定する！」

震えながら、涙をにじませながら、それでも声を張り上げる。

「あなたの真の目的は、格差是正の阻止です！」

グッドマンらが行っていたのは、意図的なデフレ状態を維持すること。

それが続けば、物価が低くなる……すなわち、金の価値が上がり続ける。

それは、持つ者が有利になり、持たざる者は不利になるということを意味する。

「だからあなたは資本の投入によるインフレを恐れた！　自分の持つお金が、価値を下げることを恐れた！　自分の地位を保ち続けられなくなるから！」

「ぐぐっ………！」

グッドマンの顔が歪《ゆが》む。

彼の思惑は、クゥの言うとおりであった。

彼の社会的地位も、その資本力によって「買った」ものである。

「生産性と言いましたね！　とんだ妄言です！　生産性とは、『どれだけの価値を付けたか』

です！　延々と世界を安売りし続けたあなたの行動は、その真逆!!」

生産性とは、単に「なにかを作った」ことを意味するのではない。

モノにどれだけ、価値を与えることができたか、である。

奴隷のように労働者をこき使い、搾取したということは、その労力に、まともな価値を与えなかった、ということなのだ。

「メイさんに言ったことは全てあなた自身に返ります！　あなたこそ、自分の富を守るために、弱い人たちを利用し、搾取し、支配した、外道だ!!」

クゥは叫ぶ、泣いて叫んだ。

自分の友だちをバカにした外道を、絶対に許すものかという思いを込めて。

「謝れ、メイさんに！」

「黙れクソガキゃあ!!!」

偽りの聖者の皮を剝《は》がされ、激高したグッドマンは、銃を突きつけ、そして――

「がっ……！」

引き金を、引いた。

銃声が響き、同時に、クゥの小さな体は転がり、縛られたまま、床に倒れる。

「クゥ！」

「黙れ黙れ黙れ黙れ!!　俺の金は俺のものだ！　俺が、血眼になって稼ぎ、溜《た》め込み、積み上げたものだ！　それは誰にも渡さん！　誰にも汚させせん!!」

メイが叫ぶが、グッドマンは止まらない。

倒れたクゥに、さらに何度も蹴《け》りを叩《たた》きこむ。

「貴様ら無知で無能なガキどもなど、いくらでも喰《く》らってやるわ！　俺のために死ね！　俺のために死ね！！！」

倒れたまま、動かなくなったクゥを、グッドマンはさらに踏みつけ、踏みにじる。

「グッドマンッッ!!!」

そこに、メイの声が響く。

今までの、か細い、心を折られた少女の声ではない。

目の前で、自分のために勇気を振り絞って戦ってくれた友を、足蹴《あしげ》にする外道への怒りに燃えた、〝勇者〟の一喝だった。

「ひっ……しまっ………」

その一声で、グッドマンは理解する。

怒りに任せ、自分が、超えてはならない一線を超えたことを。

もしかしてこれこそが、クゥの狙《ねら》いだったのかもしれない。

グッドマンの本音を引き出し、怒りに任せ自分を始末させ、メイを戦えるようにする。

「アンタは……殺す!!!」

もはやメイに、グッドマンの声は届かない。

彼女は気づいたのだ。

単純な、凄《すさ》まじく単純なことに。

こんな腐れ外道の言葉など、聞くに値しない——

すでに彼女の持つ光の剣は、元の大きさにまで刀身を取り戻していた。

一撃で、古代巨人すら斬《き》り裂けるほどの大きさに。

「死ねぇええええっ!!」

そして、その刃《やいば》が振り降ろされんとした直前。

「ダメだ、メイくん」

その寸前で、現れたブルーが、メイの腕を止めた。

「ブルー……アンタ……！」

「がんばってここまで来たよ」

体中血まみれ傷だらけの姿で、這《は》うようにして、ブルーは追いついた。

「なんで止めるの！　この外道は……クゥを……！」

「いまここで彼を殺せば、形の上では、『魔族に表敬訪問に来た人間の商人が殺された』事実だけが残る。そうなれば、クゥくんが苦労して計画した、両種族にまたがる財政計画は破綻《はたん》する！」

グッドマンは、表向きは、新事業に際した会談のために魔族領に訪れた。

その彼が、魔王の腹心であるセンタラルバルドの屋敷で惨殺されたとなれば、大事件となり、せっかく進めてきたクゥの計画も白紙となるだろう。

皮肉なことに、グッドマンの存在が、クゥが命がけで築いた計画の命綱となっていたのだ。

「そ、そうだぞ！　俺を殺せば、全部無駄になっちまうぞ！」

「アンタ……！」

自分の安全が保証されたと知るや、途端に強気になる外道に、メイは怒りに肩を震わせる。

「おい魔王！　このイカレ女を俺から遠ざけろ！　指一本も触れさせるな！　汚れる！」

それどころか、さらに雑言を撒《ま》き散らすが、その彼に、ブルーは静かに告げる。

「フィッシャー・グッドマン……」

「!?」

「あなたを殺さない。あなたを殺すことは、命がけで僕らを支えてくれたクゥの犠牲を無にする行為になる。だが………」

静かな、夜の海のような、とても静かな声だった。だが……

「もしそれ以上、メイくんを愚弄《ぐろう》してみろ。僕の奥さんを愚弄してみろ」

それは彼が、理性の全てをかき集め、かろうじて保っている静謐《せいひつ》にすぎなかった。

その奥には、メイ以上の、激しい怒りが渦巻いていた。

「ぶち殺すぞ貴様!!!」

わずかに目を向け、グッドマンを睨《にら》みつける。

「ひっ!?」

ほんのわずか睨みつけられただけで、グッドマンはまぬけな声を上げ、気絶する。

無理からぬ話であった。

その眼光は、間違いなく、全ての魔族を統率する者の〝凄《すご》み〟に満ち、目を合わせただけで、生きとし生けるものの命を「あきらめさせる」ほどの力があった。

その場でショック死しなかっただけ、グッドマンは運が良かったのだ。

「大したものです……いつもそのような素振りならば、初代様にも劣らぬ魔王っぷりなのですがね」

「こんなの、疲れるんだよ」

どこか、あきらめたような口ぶりのセンタラルバルドに、ブルーは言葉通り、ただただ、疲れた声で返した。

「お優しいあなたのことです。怒りにまかせて、その男を殺すと思ったんですがね」

彼が手を出さなかった理由であった。

ブルーか、もしくはメイがグッドマンを殺せば、それで全てはご破算となる。

「それを狙《ねら》ったのだろう、センタラルバルドさん。だから、僕はメイくんを止めたんだ」

「残念ですよ。あなたは最後まで、私の言うことを聞いてくださらなかった。この期に及んで、私を〝さん〟付けすることといい……」

皮肉げな笑いをこぼし、センタラルバルドはため息を吐《つ》く。

せめてここで、ブルーが「魔王らしく」してくれることを、彼は期待した。

愚かな人間を躊躇《ちゅうちょ》なく殺す、残酷で冷酷な魔の王になってくれることを。

「でも僕は……あなたを信じていた……」

だが同時に、ブルーもまた、最後まで望みを捨てきれていなかった。

二十年も自分を支えてくれた腹心が、「魔王らしく」ない道を歩む自分に、呆《あき》れつつも付き合ってくれることを。

しかしそれは、もう叶《かな》わない。

「そういう物言いが……」

手をかざし、センタラルバルドは、魔法を発動させる。

「魔王の威厳を損なうと言っているのです……」

その言葉を残し、センタラルバルドの姿は消えた。

「逃げたか……」

転移魔法、彼もまた、それを使えるのだ。

「あんなヤツのこと、どうでもいいわ……！　クゥ、クゥしっかりして！」

気絶しているグッドマンを蹴《け》り飛ばし、クゥの縄を解く。

「クゥくん……いかん……血が……これでは――」

殴られ、蹴られた傷も大きいが、それ以上に、銃弾が大きな血管を傷つけたのか、大量の血が溢《あふ》れ出していた。

ブルーやメイならば、かすり傷ですむ程度だが、クゥでは命を危うくするに十分なものだった。

「死なせない……」

絶対に、それだけは譲れないとばかりに、メイはつぶやく。

「だが、キミの治癒魔法では……」

かろうじて心臓が動いている状態であるクゥに、治癒魔法をかければ、傷は治っても生命力を使い切ってしまい、死に至る。

しかし、メイにはまだ「とっておき」があった。

「これがある！」

「それ、『聖界樹のしずく』!?」

懐から取り出したのは、ありとあらゆる傷を癒《い》やし、生命を蘇《よみがえ》らせる秘薬だった。

「……これなら！」

「しかし、いいのか!?」

それは、世界に数本しか残っていないレアアイテム。

ドケチな彼女が、ひたすら温存し続けたものである。

「うっさい！　今使わなきゃ、いつ使うのよ!!」

しかし、そんなことどうでもいいとばかりに、怒鳴り返すや、乱暴にフタを開ける。

「クゥ、これ飲んで！」

だが、クゥは飲もうとしない。

もはや意識は失われ、自分で飲み込むこともできなくなっていた。

「飲めないなら、ぶっかける!!」

ならばとばかりに、メイは傷口に聖界樹のしずくをかける。

「だが……本来経口摂取するもので……かけても効果は薄いのでは……」

「ならたくさんかける!!」

懐からさらに、二本、三本、四本と取り出すや、片っ端から浴びせまくった。

「どんだけ溜《た》め込んでたのキミ!?」

「使わないものを、どんだけ溜め込んでても、そんなもんないのと一緒よ！」

「はは……」

「なに笑ってんのよこんな時に！」

値段も付けられないほどのレアアイテム。

それを、銭ゲバ勇者と呼ばれたメイが、泣きながら、自分以外の者のために使っているのだ。

「いや、その、キミは……うん……そうだな」

そんな彼女の姿を、ブルーは自分の傷の痛みも忘れるほど、優しい笑顔で見つめている。

「やっぱりキミは、優しい女の子だよ」

「はぁ？」

感慨深いつぶやきを漏らしたブルーにメイはわずかに戸惑う。

「あれ……ビショビショ……寝汗？」

だが、やっと目を覚ましたクゥの前に、その疑問は吹っ飛んだ。

「バカ……よかった……！」

死の淵《ふち》から蘇《よみがえ》った自覚もない彼女を、メイは強く抱きしめたのであった。

終章　税とは、誰かを不幸にするためのものではない

そして、申告の日は訪れた——

「さて、ついに〝カクテイシンコク〟の期限日ね」

「ああ、ついにこの日が来た。来て、しまった……」

「…………」

魔王城の魔王の間。

あの日、魔王の一言から始まった、ゼオスが降臨した場所である。

そこに並んだ、メイとブルー、そしてクゥは、一様に重い表情だった。

今日この日、この時まで、三人はギリギリまで、申告書のまとめに忙殺されていた。

ブルーなど、いつもの魔王姿になる余裕すらなかったほどである。

「さて、あなた方の申告書を、確認させていただきます」

「はい……」

現れたゼオスに、クゥは備えられた台座を指差す。

そこには、五十年分の各種経費と、国家単位の大事業で新たに加わった諸費用を書き加え、修正した申告書の山が置かれている。

「はぁっ!!」

それを前にして、ゼオスが一声上げる。

再び起こる、〝審判の光〟。

「なるほど……」

一瞬にしてゼオスはこの膨大な書類を余すところなく審査した。

「一瞬で、この膨大な書類を読み切ったんですか……」

「ええ、天使ですから」

初めてその光景を見たクゥは、驚きに目を開く。

これだけの量の書類、自分でもチェックするには丸三日はかかる。

常人ならば、それだけで一月……いや、三月はかかるだろう。

「ごまかしも一切利かないわけよ……」

容赦ない神の力を前に、メイはため息を吐《つ》く。

「大したものです。一兆イェンの納税額を、ここまで減らすとは……」

相変わらずの無表情に無感情な顔で、だがゼオスは一同の健闘を評価した。

「ですが、それでも十億イェンは残りましたね」

「ううっ……」

悔しげに、クゥがうめく。

「嘆くことはない。キミはよくやってくれた」

「そうよ、あのケガの後遺症がなかったら、アンタはちゃんと使命を果たせた。悪いのは、あの陰険メガネとクソブタグッドマンのせいよ！」

ブルーとメイが、彼女を慰める。

聖界樹のしずくによって、クゥは一命をとりとめた。

しかし、生死の境をさまよった後遺症は決して小さくなく、クゥがベッドから出ることができたのは、昨日のことであった。

「メイくん、全部ぶちまけたから」

「過ぎたことをうるさいわね」

せめて一本でも残していれば、自力で飲めるようになったクゥに服用させ、その場で完全回復できたのだが、それに気づいたのは、メイが勢い余って持っていた全てのしずくを使ったあとだった。

「これでもう、申告漏れはありませんね？」

「うう……」

確認するゼオスに、クゥはうつむく。

あと十日……せめて五日あれば、まだ納税可能な金額にまで下げることができた。

しかし、その時間が、最後の最後で足りなかった。

（ダメ……もう思いつかない。ここまでなの……？）

最初の一兆イェンの請求に比べれば、千分の一である。

大健闘どころではない、実質的な勝利とも言える。

「十億か……城全部売っても、足りないなぁ……」

しかし、その金額でも、魔王城を破産させるには十分だった。

「アタシの装備と預金全部あつめても三億にもならないわね」

「けっこう溜《た》めてたんだね」

メイの個人資産がけっこうあることに、ブルーはいまさらながら驚く。

「で、どうする？」

「まぁさしあたって、今日の寝床を探すところから始めるかなぁ」

残念そうではあるが、二人の顔に悲愴《ひそう》感はなかった。

やるだけのことはやった上でのこれだ。

あとは自分たちが全ての責任を取ればいい。

そうすれば、クゥが示してくれた、財政再建や特区計画はこのまま進めることができる。

「重ねて確認します。もう申告漏れはないですね？」

「しつこいわね……もういいわよ。こっちも観念したから」

あとでゴネさせないためか、何度も念を押すゼオスに、メイは苦笑いを交えて返す。

二人がこんな顔をしているのも、当事者である自分たちよりも、ずっと責任を感じ、落ち込んでいるクゥを、これ以上苦しめないためだった。

これで、全ては終わった――

「いや、まだよくないですね」

とはいかなかった。

「まだ、申告は終わっていないのだろう?」

「アンタ……よく顔を出せたわね!!」

現れたのは、あの夜逃げ出し、姿をくらませた、センタラルバルドであった。

「センタラルバルドさん……キミのやったことは魔族の法に照らしても犯罪だ。ここに来た意味がわかっているのだろうね」

「わかっていますよ陛下」

長年にわたり、魔族を欺《あざむ》いてきたこと。

そして、魔王ブルーの客分であるクゥを誘拐した罪は、免れない。

「ならば……」

なぜここに来た? とブルーが問う前に、センタラルバルドは指を鳴らす。

「!?」

「このためですよ、陛下」

一瞬で、周りの風景が変わった。


「ここは……!?」

周囲を見回し、警戒するメイたち。

そこは、魔王城の城内ではなかった。

外、それも、あちこちに新しい建物が建ち、今も何棟も建築中の街だった。

そこには、多くの人類種族や、魔族たちの姿があった。

「ここ……まさか……特区!?」

そこは、クゥが計画した、人類種族と魔族による共同開発の開拓地であった。

「な、なんだ……?」

「あれ、どっかで見たことあるぞ……?」

人類も、魔族も、いきなり現れた彼らに、戸惑い、驚き、作業の手も止めて注目する。

「大衆よ、よく聞け！」

彼らに向かって、センタラルバルドはよく通る声で、隅々にまで告げた。

「ここにおわすお方をどなたと心得る！　偉大なる魔族領の統治者、ブルー・ゲイセント八世陛下にあらせられるぞ!!」

「おおお〜〜〜」

群衆たちの間に、どよめきが走る。

魔族の王が、自ら自分たちのもとに、視察に訪れたと思ったのだ。

「アンタ……なにを考えてんの！」

センタラルバルドの思惑が読めないメイ。

その背後から、聞きたくもなかった声がかかる。

「死なばもろともだよ、メイ・サー……」

「げっ！」

そこにいたのは、邸宅での一件の後、人類種族領に強制送還されたはずの、グッドマンだった。

「ひっひっひっ……よくも、よくもこの私の顔に泥を塗ってくれたものだ！」

「アンタ……なんでここに……金か！」

「ふん、お前らとは、資産の桁《けた》が違うのだ！」

いかな魔王と勇者でも、人類種族の法以外で、彼を罰することはできない。

なので、彼の部下たちを締め上げ、「クゥの誘拐の主犯」として、国家連合に突き出し、処罰を頼んだのだ。

だが、彼はその有り余る財と、金で買った地位と権力で、罪をもみ消し、再び戻ってきたのである。

「キミが呼び込んだのか！」

ブルーが、センタラルバルドをにらみつける。

このタイミングで、グッドマンがここに偶然現れるなど、ありえない。

「まだ私には奥の手が残っていますので……負けを認めるわけにはいかないのです。特に勇者メイ、あなたにはね……」

「ことあるごとに顔面ぶっとばしたの、まだ根に持ってんのね……！」

「それもあるがな」

魔族至上主義者の彼にとって、人間ごときに虐《しいた》げられるなど、屈辱の極み——だが、ことはそれだけではなかった。

「なにしようっていうのよ」

「今からここで、貴様のやったことを告発する。勇者の使命を捨てた女が、〝世界の半分〟目当てに魔王様に嫁入りした……十分、醜聞ではないかね？」

全ては、それが始まりだった。

メイがバカなことを言い出さなければ、魔族と人類種族の調和は——少なくとも彼にとっての——世界は崩れなかった。

「メイさえいなければ」、それが彼の偽らざる憎悪の本心であった。

「今さらそれ言う!?」

「言うさ……ここにいる魔族と人類は、〝お前ら寄り〟の連中だ。その支持は一気に消える。特区構想は瓦解《がかい》する」

声を上げるメイに、センタラルバルドは狂気すら感じさせる目で返す。

メイの醜聞を世に広め、クゥが起こそうとした計画を破綻《はたん》させ、魔王の権威を破壊する。

自分を否定した世界を否定することが、彼に残された最後の手段だった。

「証人はこの私だ……それを告発しようとして殺されかけた、ということにしてな!」

そしてそれは、グッドマンも同じであった。

自分に拭《ぬぐ》いきれぬ屈辱を与えた者たちを破滅させる。

たった一つの共通する目的のために、二人は再びメイたちの前に立ったのだ。

「どこまでも……救いがたい!」

あまりの情けなさに、ブルーは震える。

「ざわざわざわ……」

しかし、醜悪かつ下劣ではあるが、強力な手段ではあった。

特区開拓民の人々はどんどん増えていく、百や二百では利かない。

彼らが〝醜聞〟を知れば、数か月も絶たぬうちに、世界中に広まるだろう。

「申告の結果は聞きましたよ。あれだけあがいておきながら、結局十億イェンの課税は免れない……今の魔王城では払いきれない額だ」

ほくそ笑むセンタラルバルド。

彼はこの最悪のタイミングで撃ち込むために、あの時逃げ去ったのだ。

どれだけ言い繕《つくろ》っても、天界からの追徴課税十億イェンは、魔族領を揺るがす財政危機。

そこにこの醜聞が広まれば、ブルーとメイは両種族全てから非難されるものとなろう。

「陛下、あなたの退位を迫るには、十分ですな」

「そういうことか……」

魔王ブルーは、権力基盤が脆弱《ぜいじゃく》であった。

本人が以前語ったように、彼は王位を争っていた二大派閥が、手打ちとして、両派閥に属していない第三極から選出した。

今のところ、二大派閥は、ブルーを挟んで膠着《こうちゃく》状態だが、わずかでもバランスが崩れれば、再び権力争いを起こす。

「僕を退位に追い込み、それを土産に、他の派閥に入り込むのか」

「我が一族は屈辱を耐え、家名を繋《つな》ぎました。この程度で終わってなるものですか」

この期に及んでも、彼はあきらめてはいなかった。

それどころか、メイだけでなく、仕えていたブルーを追い落としてでも、己の地位を守ろうとしていた。

「センタラルバルドさん……」

「誇り高きわが名を口にするな！　人間風情が！」

クゥが悲しげな声でその名を口にするが、センタラルバルドは忌ま忌ましげに言い捨てる。

彼の中にあるのは、もはや憎悪のみであった。

「ざわざわ……ざわざわ……」

ざわつく民衆たちに、「一体何が始まるのか？」と不審げな色が浮かび上がっている。

「まだ、手はあるわよ……」

メイはまだ、あきらめてはいなかった。

なんとか、この事態を収める方法はないか、センタラルバルドとグッドマンの陰謀を止める手はないか、彼女は、一つの手段を見つけた。

「こ、ここで……アタシがちゃんと、コイツとの結婚は、アタシの意志で、ちゃんと好きな人だからって言えばいいんじゃない！　それを覆すことはできない！」

どれだけ外野がどうこう言おうが、当人たちの宣言があれば、話は変わる。

そう思ったメイであったが、それも全て、先方の予測の範疇《はんちゅう》だった。

「やればいいんではないか？　ちょうどここには天使もいる。税天使だがね」

酷薄な笑みを浮かべながら、センタラルバルドはゼオスを見る。

彼が、申告の日を狙《ねら》ったのは、たまたまではない。

〝天使が同席する瞬間〟を狙ったのだ。

「絶対神アストライザーに誓い、真の愛を交わすという宣誓を行えばいい。それが、古来より伝わる、種族を超えた婚姻の儀式だ」

「そんなの……はるか昔の、形骸《けいがい》化した風習だ！」

古《いにしえ》の時代にあったという、種族を超えた婚姻の際の儀式を持ち出したことに、ブルーは異を唱えた。

「それでも、一番わかり易い形ですよ。民には一番伝わる」

「いや、でも……」

なおも躊躇《ちゅうちょ》するブルーに、メイは怒鳴る。

「なによ！　やってやるわよ！　それくらい！　こちとら修羅場くぐってきたのよ！」

儀式がどんな困難なものであったとしても、乗り越える覚悟はできていた。

「いやあの、その、ねぇ……」

「なによ……気持ち悪いわね」

言いよどむブルーに、メイは不審な顔になる。

「なにか問題でもあるの？」

「儀式自体はそんな複雑じゃない………」

「心臓えぐり出すとか、そういう系ではないのね？」

「うん、あの……えっと……その………神に宣誓してね、互いに、その……」

困ったような、恥ずかしいような、申し訳ないような顔のブルー。

「うっとおしいわね、早くいいなさい！」

「口づけをするんだよ」

「え？」

メイの顔が凍りつく。

「つまりまぁ、キスをする」

「あ………」

修羅場ならば散々くぐってきた。

サイクロプス百体倒して神に捧げろというなら、メイはできただろう。

だがしかし、こっち関係は、完全に未経験だった。

「嫌だろ、やっぱり……」

「な……大丈夫よ、それくらい………！」

それでも、メイはなおも強がる。

今ここで、自分が下がれば全てが終わると、使命感にも近い思いで、なおも虚勢を張った。

「キミ、好きな人がいるんだろ？」

「え……なんで……知って……」

しかし、ブルーの一言で、それも崩れた。

「その、ねぇ……前に聞いちゃってねぇ……昔、キミを助けてくれた人だっけ？」

「あ……あの………」

幼き日のメイに、パンを分け与えてくれた青年。

幸せになることをあきらめなくていいと言ってくれた人。

彼女がいつか、また会える日を望み続けていた人である。

「うん、いいんだ。キミと僕との結婚は、そういうものだから。だから、キミはいつかちゃんと、その人にもう一度会いたいんだろう？」

「あの……それは……」

ブルーは優しげに笑っている。

ただ、少しだけ困ったような、寂しいような笑いであった。

「キミはどれだけ破天荒に見えても、一線は守っている。人として、絶対にやっちゃいけないことは、絶対にやらない人だ。それをこの三か月で、僕は知った」

「ブルー………」

「やっぱねぇ、そんな女の子を、泣かせるようなことはしたくないんだよね」

「でも………」

メイは、なにか、すごく、哀《かな》しくて、締め付けられるような思いになる。

なぜこんな思いになるのか、自分でもわからない。

わからないが、ブルーにこんな悲しい笑顔をさせたことが、無性に、辛《つら》かった。

「それに……今誰かが責任を取らないと、多分、収まりがつかない。クゥくんがせっかく作ってくれた特区も、なくなってしまう」

そう言うと、ブルーはクゥをちらりと横目に見る。

「それだけはねぇ、やっちゃダメだと思うんだ」

「愚かな……」

心から呆《あき》れ果てたという声で、センタラルバルドが口を開く。

「あなたは王の器ではなかったようだ。他者を踏み潰《つぶ》してでも、成すべきことを成すことが覇道です」

「それをしない王さまになりたかったんだよ、僕は」

「弱肉強食が世界の理《ことわり》です」

「強くなければ生きていけない世界なんて、王さまの職務怠慢だ」

「魔王の言葉ではない」

「そうだね……だから、僕はけじめをつける」

ブルーのけじめ、それは、全ての責任を取り、魔王の座を捨ててでも、メイの意志と、クゥの思いを守るということだった。

「……みんな、聞いてくれ。実は――」

自分たちの結婚は、偽りのものであったと、大衆に打ち明けようとしたその時、一人の老婆が、進み出てきた。

「あの……？」

「はい、なんですかおばあちゃん」

人のいいブルー、いきなり現れた老婆にも丁寧に接する。

「アンタ……アオイさんかい？」

「え？」

老婆の質問に、ブルーはきょとんとした顔になった。

「お、おばあさん？　この人はブルーさんで、魔王さんなんですけど……」

彼に代わり、クゥが人違いだと教えようとするが、当のブルーが、しばし考えた後、驚いた顔になった。

「なんで、その名を……」

「やっぱり！　アオイさんだよ!!　忘れましたか、五十年前、生活苦で自殺しようとしていた時に助けてくれたアオイさんだ！　私はあのときの娘です！」

「え！　ああ、あの時の、マセットさん親子の！　スリダちゃん？　懐かしいなぁ」

老婆はブルーの旧知の者であった。

それも、彼に困窮していたところを救われた者であった。

懐かしそうな顔で、老婆は嬉《うれ》しそうにブルーの手を握る。

「わかりませんでしたか……まさか魔族の方だったとは」

老婆――スリダと呼ばれた彼女は、涙ぐんでいる。

「おい老婆、邪魔をするな！」

せっかくの瞬間に水を差したスリダを、センタラルバルドは口汚く罵《ののし》る。

だが、水を差す者は、一人ではなかった。

「ちょっと待て、やっぱりアオイさんかよ！　道理で見覚えがあると思った」

「そうだ、誰かと思ったら……魔王だったのかい」

人類種族の中年男性、さらにその妻と思われる女性が、同じく「アオイ」と呼んで近づいてくる。

「君等《ら》は……そうか、バーバンクに、ロイホさん？　なんでここにいるの」

先程までの真剣な表情はどこへやら、ブルーは懐かしそうに二人に応じる。

「な、なんだ……？」

センタラルバルドの表情に、暗雲がたなびき始める。

なにか、嫌な予感がした。

いや、それは正確ではない。

まるで、なにか大きな〝流れ〟が、変わったように感じたのだ。

「俺とオヤジの仲違《なかたが》いを仲裁してくれたアオイさんだ！」

「腹減って泥棒しようとしたところを、止めてくれて、メシ食わせてくれたアオイさんじゃねえか！」

声を上げたのは、人類種族だけではなかった。

集まった魔族たちの中からも、声を上げるものが次々と現れる。

「ゴズワルド！　それとメーブインか！　今はちゃんと働いているんだね！」

「おかげさんで、今は足洗って真面目に働いているよ」

オークの青年二人とブルーは親しげに言葉をかわす。

そしてブルーは、そんな彼ら彼女ら、老人から子どもまで名前を呼び、嬉しそうに答えていた。

この日彼は、いつもの髑髏《どくろ》型の全身甲冑《かっちゅう》姿ではなかった。

今まで、魔族たちですら知る者の少なかった、素顔を大衆の前に晒《さら》していたのだ。

その顔を見て、皆が大騒ぎを始める。

まるで、いやまさに、懐かしい友との再会を喜ぶようであった。

「なに、どういうこと……？」

「ブルー・ゲイセント……困りますね」

困惑するメイの横にいた税天使ゼオスが、やはりいつものような無感情無表情で告げる。

「申告はちゃんと行っていただかないと」

「え？　何の話だい？」

言っている意味がわからない、というブルーに、ゼオスは説明する。

「あなたは、この数十年にわたって、城を抜け出しては、魔族領のみならず、人類種族領にまで足を運び、そこで目にした人々に手を差し伸べ続けてきましたね」

「なんで……知っているんだ……？」

「これも職務です」

税天使の税務調査は、ただ単に、帳簿の上だけには収まらない。

対象となる者のプライベートまで丹念に調べ上げ、税の申告漏れがないか突き止める。

「ブルーさん、そんなことしてたんですか……？」

初耳であったクゥが、感心した顔で見つめる。

そして同時に、彼女は思い至る。

人間である自分の力を借りることも、それどころか、「人間の力を借りて魔族社会を成長させる」という計画も、ブルーは反対しなかった。

それどころか、歓迎し、全面的に支持してくれた。

（この人は……知ってたんだ……）

ただのお人好《ひとよ》しの魔王、なのではない。

彼は魔王になる何十年も前から、人と魔の間を渡り歩き、自分の目で見て、自分の口で言葉を交わし、自分の手で触れてきたのだ。

「いや、まぁ、その……趣味みたいなものさ。いろんな人たちと、会って話すのが好きなんだ。その時に、たまたまだよ」

驚くクゥの心境に気づいていないブルーは、照れくさそうに頭をかいている。

「なに言ってんだよ！　アンタ、奪われた私らのヒナを取り返すために、奮闘してくれたじゃないか」

翼を羽ばたかせながら、ハーピーの女が言った。

「バラントーか……いや、あれは、あの……ほっとけなかっただけだよ」

そうしている間にも、次々と、人々は彼の周りに集まる。

何百人か、それ以上か、開拓特区の人々全てが、なんらかの形で、彼と縁のある者たちだった。

「アンタが、野盗に襲われたウチの村を助けてくれたことを、ワシは忘れとらんぞ！」

「チャールズ!?　え、もしかして村の他の人たちも来ているのかい？」

さらに現れた老人が、大はしゃぎしながら、ブルーの肩を叩《たた》いた。

「おう、夢に出てのう」

「夢?」

「特区開拓員の募集の知らせが公示されたその日の夜に、お前さんの夢を見たんじゃ……なんかようわからんが、ここに来れば、また会える気がしてのう」

「え〜………」

考えてみれば、おかしな話である。

いくら何十年にわたって、ブルーが人類、魔族双方と触れ合ってきたからと言って、その人たちが、皆全て、ここに集まっているのだ。

(え……それって……)

まさか、と思ったクゥは、ゼオスを見る。

「………ブルー・ゲイセント、この地に集まった、開拓員募集に応じた者たちは、両種族ともに、なにかしらあなたに縁のある者たちです」

「なんだって!?」

「五十年……あなたは両種族の間を渡り歩き、彼らに手を差し伸べた。それが結果として、今この時の、両種族による共同事業で、大きな意味をなした」

異なる出自の者たちが、一つの目的を果たそうとする時、大きな役割を果たすのは、「共通のなにか」である。

それはささいなものでもいい、くだらないものでもいい。

なにか一つでも「ああ、コイツら、俺と同じなんだな」と思えるものがあれば、それがきっかけとなって、回り始める。

「あなたに助けられた者たちという共通点を持つことで、彼らは親近感をいだき、ともに協力し、事業を進めるでしょう」

「ゼオス……くん？」

「その五十年に費やした時間、手間、費用……まぁ、低く見積もっても、百億イェンはくだらないでしょうね」

ブルーの五十年分の積み重ねに、ゼオスは「百億イェン相当」の価値を認めた。

魔族と人類種族の共同事業の土台作りという、「魔王としての仕事」の経費の値段。

それが、収益から差し引かれる。

それはすなわち、その分を申告すれば、最後に残った課税額分が、消えるということだった。

その消滅する課税額は——ちょうど十億イェン。

「これが最後の確認です。申告は、先程のものでよろしいのですね？」

「あります!!!　まだあります!!」

何度も何度も繰り返し、ゼオスが「もうこれでいいか」と確認を取ろうとした理由に気づいたクゥは、声を上げ、手を上げて、最後の申告を宣言した。

「つまり、これで………追徴課税は、ゼロ？」

「奇跡です……奇跡が、起きました……」

最後の最後で、まるで最初からそう仕組まれていたかのように、全てのピースがハマったのだ。

大喜びするクゥとブルーであったが、やはりゼオスは、無表情のまま返す。

「別に奇跡でもなんでもありませんよ。正しい申告をしていただければ、正しい納税だったということになるので、追徴課税も発生しません。全てこれ〝ゼイホウ〟の道理に基づいたまでです」

「ま、まだだ……こんな茶番は認めんぞ！　この女の偽装結婚を告発すれば、全ては終わる！」

しかし、なおもあきらめていない者がいた。

なおも情勢をひっくり返そうとあがくセンタラルバルドがにらみつける。

「待ちなさい……」

今までの一部始終を見て、聞いていたメイは、ゆっくり、ブルーに近づく。

「黙れ小娘、退《ど》いていろ！」

「アンタが退け！」

「ひっ!?」

そして、止めようとするグッドマンを凄《すさ》まじい気迫で下がらせた。

「ブルー……アンタ……今まで助けた人の顔、全部覚えているのね、名前まで……」

「あ、ああ……」

彼は、再会した人たち全ての、顔と名前を覚えていた。

それが何十年前の相手でも、彼にとっては、大切な思い出の友人たちだったのだ。

「大した記憶力ね……」

「それ……ほど……でも……」

だが、メイの言葉にはどこか含むものがあった。

そしてそれがなんなのか、ブルーも気づいていた。

なので、彼はとても、とても困った顔になっていた。

「ならさ……今から七年前……アンタにさびたナイフ突きつけて、『金出せ』『食い物よこせ』って言ったズタボロもチビガキのことも、覚えている……？」

「え……それって……その……メイさん……？」

それは、いつかクゥが聞いた、メイの思い出の中にいる相手である。

しかし、あの時間いた内容と、わずかに異なる。

「ごめんね、クゥ……アタシちょっと、嘘《うそ》ついてたんだ」

バツの悪そうな自嘲《じちょう》的な笑みを浮かべ、メイは言う。

あの冬の日の夜、メイは、ただ、通りすがりの貧乏貴族の三男坊に、パンを恵んでもらったのではない。

道端に落ちていた、サビの浮いたナイフ。

それを見つけた彼女は、目についたボンクラそうな男に、刃《やいば》を突きつけ、金と食い物を奪おうとしたのだ。

「………」

「どうなのよ」

どう返していいかわからないブルーに、メイは問い詰める。

「キミが城にやってきた日に、驚いた。あの時の腹ペコの子どもが、随分美人さんになったなあって」

「やっぱり………わかってたのね！　アタシのこと！」

「すまない、言いそびれた。タイミングを逃してね」

それは半分ウソであった。

飢えと寒さで追い詰められ、強盗まがいのことをした過去。

それは、メイにとって、思い出したくもない苦しみの過去だ。

それに触れるような真似《まね》はしたくなかった。

だから、知らないふりをしていたのだ。

「なら、その後でも、いくらでも言える機会はあったでしょ！」

「うん、でも……言い出しづらくてねぇ」

「なんでよ！」

あの冬の日の夜。

どんな理由があれども、刃物を突きつけてきたのだ。

女子供であろうとも、殴り飛ばされたって文句は言えない。

でもその青年は、彼女の手を取って、優しく抱きしめてくれた。

どうしていいかわからず、情けなくて、泣き叫ぶメイに、困ったような顔で「一緒にごはんを食べよう」と、持っていたパンを分けてくれた。

彼の顔は覚えていない。

マントで、口元を隠していた。

でも、そこから覗《のぞ》く瞳《ひとみ》は覚えている。

優しい瞳を、彼女は覚えていた。

「ずっと気になってた。アンタが……素顔晒《さら》した時、ずっと……なんか……」

それだけではなかった。

時折ブルーが見せる、眼差《まなざ》し。

悪態をついても、殴り飛ばしても、それすら慈《いつく》しむ目で、彼は見ていた。

ブルーは、「よかった」と思ってくれていたのだ。

あの時の幼子が、こんなにも、ちょっと有り余りすぎなほど、元気に育っていたことに。

「だってさ、キミは傲岸不遜《ごうがんふそん》で厚顔無恥で、唯我独尊なところがあるけど……ああ、殴らないで殴らないで？」

軽口を交えながら、ブルーは〝いいわけ〟をする。

「でも……恩を忘れるタイプではない。だから、昔のことでね、恩着せがましい真似《まね》はしたくなかった」

「でも……」

それでも、言ってくれてもよかったと、口にしようとしたメイに、さらにブルーは続ける。

「好きな子にはちゃんと、正々堂々と口説きたいタイプなんだよ、僕」

「なっ………!?」

「ふわ……!?」

その一言に、メイは顔をこれでもかと赤くする。

ついでに、クゥまで真っ赤になった。

「なんてねぇ、あははは」

「この………」

怒っているような、泣いているような、笑っているような、感情がないまぜになった顔のメイ。

「ごめん……でもホントなんだよ。キミは筋を通す子だ。そんなキミに、負い目で心を曲げさせるようなことはしたくなかったんだ。キミは、キミの思った通りの生き方をしている時が、一番魅力的な女の子だからね」

傲岸不遜で、口より先に手が出て、銭ゲバで欲深く……だが、メイの優しくまっすぐなところを、ブルーはこの上なく愛していた。

だから、知らないふりをしていたのだ。

「ぐっ………」

「だから、ごめん……殴らないで？　けっこう本気で効くんだよキミのパンチ!?」

それもまた、本音であった。

「アタシは……ごはん作るのとか、苦手だ」

「へ？」

肩を震わせながら、そうしないといろんなものが溢《あふ》れ出しそうになりながら、メイは言う。

「可愛《かわい》げないし！　口より先に手が出るし！　頭あんまよくない！」

「えっと………」

困惑するブルーに、メイは、ありったけの勇気を込めて、勇者としてではなく、一人の少女として、魔王にではなく、一人の青年に告げた。

「それでも、いい……？」

「うん、喜んで」

ブルーには、それ以外の言葉は必要なかった。

「！」

そして、メイはそれ以上の言葉を、必要としなかった。

次の瞬間、メイは飛びつくと、ブルーの唇に、自分の唇を重ねる。

「わーわーわーわー!!　わーきゃー!!」

「落ち着きなさい、クゥ・ジョ」

テンションが上がりまくり、頭から蒸気が吹き出しそうなクゥを、ゼオスが諫《いさ》める。

「ゼオス……見てた？」

そして、口を離し、顔を真っ赤にしたまま、むりやり作った真面目な顔で、メイは言う。

「ええ、絶対神アストライザーの名のもとに、ゼオス・メルが見届けました。両者の婚姻を、祝福いたしましょう」

儀式は果たされた。

勇者メイと、魔王ブルーは、神の名のもとにおいて、真の愛を誓いあった。

「なんだぁ……なにが起こったんだ？」

「あれだよあれ、俺らの前で、結婚式挙げたんだよ」

「なるほどな、そいつぁめでてぇめでてぇ！」

「よ、ご両人！　熱いね!!」

見守っていた群衆たちも、わけがわからないなりに、これが決して、不幸なものではないと察し、祝福の声を上げる。

だがただ二人、その流れから捨て置かれた者たちがいた。

「お、おい、センタラルバルド……どうするつもりだ⁉」

「ぐぐぐ……」

グッドマンとセンタラルバルド、もはやこの二人に、できることはない。

「聞いているのか、なんとかしろ！！！」

「黙れ豚!!」

「なんだと貴様ァ!!」

全ての計画が、陰謀が、野心が、完全に砕かれた。

仲間割れを起こし互いを罵《のの》り合い始める。

「さて、こちらは終わったので、次の仕事といきますか」

そんな二人に、ゼオスは、この期に及んでも、変わらぬ冷たい眼差《まなざ》しを向ける。

「ん？　次だと？」

「ええ、私もヒマではないので、勇者メイと魔王ブルーの税務調査をしつつ、別件もやっていましてね」

「な、なんだ……？」

取っ組み合いを始めていた二人、異変を感じ、争いも止《や》め、ゼオスを見る。

「魔族宰相センタラルバルドさん、人類種族商人フィッシャー・グッドマンさん……あなた方は、両種族にまたがり、世界の均衡を維持する名目で、双方の市場を操作し、暴利を貪《むさぼ》ってきましたね？　しかも二十年にわたって」

彼ら二人が行ってきた暗躍も、税天使はすでに調査済みであった。

「そ、それがなんだ!?　まさか、天使がそれを犯罪だと言うのではないだろうな!?」

「地上には地上の法があるのだぞ！　いかな天界のものと言えど、越権行為だ！」

その法すらも、金と権力でいいようにいじくってきた者たちである。

まさに、「盗《ぬす》っ人猛々《とたけだけ》しい」であった。

「それはどうでもいいです。それはそれで、別の天使の管轄です」

彼女は税天使、故に、税のことしか関与しない。

「あなた方二人に、〝ダツゼイ〟の疑惑があります」

「なにいいい!?」

センタラルバルドとグッドマン、二人揃《そろ》って声を上げる。

「表であろうが裏であろうが、利益を得たのであれば、その一部を納めるのが〝ゼイホウ〟の理《ことわり》です」

「そ、それは……その……!?」

途端に、顔を青くする魔族宰相。

裏取引でせしめた金など、表沙汰《おもてざた》にはできるわけがない。

彼らは得てきた暴利を、一切申告せず、一切納税せず、二十年間、天を欺《あざむ》いてきたのだ。

「魔王ブルーと勇者メイの件は、彼らが無知ゆえの、申告間違いです。ですがあなた方は、意図的に収入を隠していました。しかも二十年……これは悪質ですね」

ただでさえ巨額の利益が発生した者には、相応の高い税率が適用される。

これを「累進課税」という。

「意図的な所得隠しには、〝カショウシンコクカサンゼイ〟。さらに、申告自体していない場合には〝ムシンコクカサンゼイ〟が適用されます」

ちなみに、二十年収めてこなかった税金の未納に対して、延滞税も加算される。

「待て、待て、待ってくれ!!」

今までに発したことのない、情けない声を、センタラルバルドは上げる。

凄《すさ》まじい勢いで、ゼオスはまくし立てていく。

それは、彼らが二十年に渡って行ってきた罪の報い。

それが、そびえ立つ山のように積み上がっていく。

このままでは、いったいどれだけの税が発生するか、予想もつかない。

せめて、最悪の事態だけは回避しようとした。

「貴様ァ!!　天使とは言えなんと傲岸《ごうがん》な！　俺の金だぞ!!　税を取られるなんてゴメンだ！」

しかし、それをわかっていなかったグッドマンが、怒鳴りつけてしまった。

「バカヤロウ!?」

思わず、センタラルバルドは叫んだ。

いや、もはやそれは、悲鳴であった。

「おや……その口ぶり、つまり……『納めなければならない』と分かっていながら、所得を隠し、納税を逃れようとしていた……ということでよろしいですね？」

今までで、最も冷たい、絶対零度の声で、ゼオスは言う。

先のグッドマンの発言は、意図的な「税金逃れ」を自白したようなものであった。

「その言葉、〝ダツゼイ〟の自白と受け取りました。さらにこの全てに〝ジュウカサンゼイ〟が適用されます！」

ゼオスの迫力に圧倒され、ただ見ていることしかできなかったメイたち三人。

「ねぇジュウカサンゼイって……なに……なんかすごい怖い響き……」

「脱税行為を行った人への、懲罰的税金です!!　その税率、他の税に加え、35％が加算されます!!」

「げっ!?」

それはもう、追徴課税などという、生易しいものではなかった。

世界の絶対法則を侮辱した者たち、絶対神アストライザーに反逆した者に叩《たた》きつけられる、咎人《とがにん》の烙印《らくいん》である。

「一体、どれくらいになるんだ……!?」

「わかりません……わかりませんが……どえらい額です」

ブルーに聞かれたが、これだけの長期間、これだけ悪質な脱税事例は、クゥの想像をも超えるものだった。

「端数はまけてあげましょう。二人合わせて、一千億イェン納めていただきます」

「いっ――――!?」

絶望の叫びを上げる二人。

その百分の一でも、魔王城を売りさばき、ブルーが魔王の進退をかけなければならない額だった。

「無茶だ！　いくらなんでも無茶すぎる!!」

「異存があるのでしたらどうぞ。ただし、〝ゼイホウ〟に則《のっと》った形でしか、受け付けません」

不服を申し立てようとするグッドマンであったが、いつかメイたちにしたのと、同じ対応を、そっくりそのまま、税天使は返した。

〝ゼイホウ〟に通じた〝ゼイリシ〟は、この地上でただ一人……彼女の力がなければ、税天使に、まともな不服申し立てもできない。

「あ、あああ……!?」

「ぬ、ぬぐぐう……!?」

悪党二人が、毒虫を口いっぱいほおばったような顔を、クゥに向けた。

「ど、どうしましょう……」

「クゥ、あんたの好きにしなさい」

「うん、やりたいようにやるといい」

戸惑うクゥに、ブルーとメイは、少しばかり意地の悪い顔をする。

「えっと、あの……」

答えは、決まっていた。

「……」

一瞬、クゥは二人に笑顔を向ける。

「おお……」

彼らはわずかに期待したのだろう。

この無垢《むく》で健気《けなげ》な少女が、自分たちがしたことを水に流し、手を差し伸べてくれると。

「べ～～～～～!!!」

だが、クゥは思いっきり舌を出して、彼らを拒絶した。

「「がーん!?!」」

二人揃《そろ》ってその場にへたり込む。

最後の希望が潰《つい》えて、絶望するいい歳《とし》をした大人の姿がそこにあった。

「ま、当然よね」

腕を組み、メイが言う。

世の中そんな都合がよくはない。

クゥは素直ないい子だが、「都合のいい」子ではない。

彼女は、ちゃんと怒っていたのだ。

「まだ、なにか言うことは……？」

最後の望みも失った彼らに、ゼオスは、さながら死刑執行人のように問いかける。

「わ……」

「はい？」

震える声で、センタラルバルドが言う。

「お前にも、分け前をやろう？　半分、いや六割でどうだ？」

「税天使に賄賂《わいろ》ですか」

もはや、付ける薬はなかった。

おそらく、聖界樹のしずくでも、彼らには効かないだろう。

「その反省の欠片《かけら》もない態度も含め、奥の手を使わせていただきます」

ゼオスが片手を掲げると、手のひらの上に、小さな方陣が浮かび上がった。

「絶対神アストライザーの名の下において、我、税天使ゼオス・メルが発動する」

それは、アストライザーの使いたる彼女に与えられた力。

絶対神の力の片鱗《へんりん》。

「見ておきなさい、地上の民よ！　これが、世界の理《ことわり》を欺《あざむ》いた者たちの末路です!!」

法陣はまばゆいばかりの輝きを放ちながら、高速で回転し、その大きさを凄《すさ》まじい勢いで広げていく。

「はっ！」

その範囲は、その場にいた者たち全てを覆って、なお余りある巨大さ。

そして、ゼオスが一声上げるや、それは天に上り、暗雲をたなびかせ、雷鳴と轟音《ごうおん》を響かせる。

「〝ＭＡＬＵＳＡ〟《キヨウセイシツコウサシオサエ》！！！」

「きゃあああああ！」

「ひょわあああああ!?」

「なんだ、なにが起こっているんだ!?」

雷鳴と轟風《ごうふう》から、クゥとメイを守りながら、ブルーが叫ぶ。

その叫び声すら、かき消す轟音。

そして、天地を真っ白に覆うほどのまばゆい光が一帯を包み――

「あれ？」

と思ったら、それがあっさりと晴れた。

「なに……？　なにが起こったの、死んだのアイツら」

神の怒りによって、センタラルバルドたちは消し飛ばされたのかと、周囲を見回すメイであった。

「生きてんじゃん！」

だが、先と変わらぬ姿の二人を見つけ、どこかがっかりしたような声を上げた。

「当たり前です。そういう天罰は他の天使の管轄です」

「アンタ、ホントどこまでも……」

一時は珍しく、天使っぽく声を上げていたのに、またもいつもの調子に戻ったゼオスであった。

「でも、別に、なにもしていないわけではありません」

「はぁ？」

言っている意味がわからないメイであったが、一方クゥは、恐怖に体を震わせている。

「あ、あわわ……」

「どしたのクゥ？　大丈夫よ、なんもなかったから」

てっきり、雷や轟音《ごうおん》におびえていたのかと思ったが、そうではなかった。

「な、なんてこと……」

クゥの目にも、先程までと変わらないセンタラルバルドと、グッドマンの姿が——

「どうしたの……ん？」

ようやく、メイも気づく。

先程までと変わらない——それは、正確ではなかった。

「な、なんだ……お、俺の指輪が……宝石が……」

「私の服が……なんだこのボロ布は!?」

二人の着ていた、高級生地を惜しみなく用いたであろう装束が、まるでそこらのゴミ捨て場から拾ってきたような、薄汚いボロに変わっていたのだ。

それだけではない。

彼らが身につけていた、装飾具や飾りも、全てなくなっていた。

「〝ＭＡＬＵＳＡ《キョウセイシッコウサシオサエ》〟……アストライザーの名において、過去現在未来の全ての資産価値を持つものを強制的に徴収する力です！」

クゥが声を上げる。

それは、彼女の一族の書物にも載っていた、税天使の究極奥義であった。

「それ、全財産差し押さえってこと!?」

「いえ、それだけじゃありません！」

それは、そんな「優しい」ものではない。

限りなく冷たい声で、もう決して覆らない宣告を下すように、ゼオスは言った。

「あなた方の持つ全ての資産を徴収しました。現金はもとより、株券や小切手などの有価証券、家屋敷などの不動産、高級な調度類、美術品、衣服などの贅沢《ぜいたく》品、全てです」

「なにいいいい!?」

彼女は、ありとあらゆる、彼らが持っていた全ての資産を、ほぼ全て、換金し、徴税したのだ。

「ですがそれでも十分の一にもなりません。なので、あなた方の持っている〝力〟も換金対象といたしました」

二十年にわたって溜《た》め込んできた不正蓄財でも、千億イェンには到底届かない。

なので、別のものも、換金し、徴収した。

それこそが〝MALUSA《キヨウセイシツコウササシオサエ》〟の本当の恐ろしさであった。

「権力、知力、能力、魔力……全て徴収させていただきました。さしあたって、センタラルバルドさん、あなたからは高位魔族としての、〝魔力〟と〝家柄〟を、グッドマンさん、あなたからは〝権力〟と、今まで培ってきた〝商才〟を相応の金額を生み出す資産と判断し、奪わせていただきました」

すなわち、二人揃《そろ》って最底辺に叩《たた》き落とされ、今までの経歴も抹消され、ただの〝無職の貧乏なおっさん〟にされたということである。

「なんておそろしい……」

「えげつない……」

ブルーとメイ、二人揃って顔を青くする。

もしかして自分たちもこうなっていたかもしれないのだから、恐怖もひとしおである。

だが、それでもまだ終わりではなかった。

「まだ足りませんので、これからあなた方が得られる報酬から、自動的に残額を徴収させていただきます。ちなみに、その残額にも利子が発生しますので、がんばらないと一生かかっても返しきれませんよ？」

〝ＭＡＬＵＳＡ〟の力は、過去現在未来に影響する。

持ちうる全財産という「現在」、今まで積み重ねてきた地位と権力という「過去」、そして「未来」にわたって得る金銭も、全て徴収されるのだ。

「そんな……死ねと言うのか⁉」

「ご安心ください。私は税天使、生殺与奪の権限はありません。ゆえに、『生きるのに最低限の金額』は残してあげます」

涙を流すグッドマンに、ゼオスはやはり、冷たい声と目で告げる。

「だいたい、月7万イェンくらいですかね」

彼らがまとっているボロ布、それもまた「最低限」の分である。

つまり、彼らは今後、そんな生活を、下手すれば一生送るのである。

「んがっ……」

「それ、アタシがあいつんとこで休みももらえず、睡眠時間削ってようやくもらった賃金と同じじゃん……」

絶望のあまり、気を失ったグッドマンを見て、かつて彼の工房で家畜のごとく働かされていたメイは、なんとも複雑な気持ちになった。

「あなた方は今まで、献身的に世界の均衡を守ってきたのでしょう？　インフレを発生させないようにと、世界をデフレに押し込めてきた」

かろうじて意識を保っていたセンタラルバルドに、ゼオスはさらに告げる。

彼らがなにをしてきたかなど、ゼオスは全て、完璧《かんぺき》に、お見通しであった。

「これからも、身を挺《てい》してそのように生きればよろしいだけです。なにも変わりませんよ」

「あ……ああああ……」

その宣告を前に、ついにセンタラルバルドも意識を失い、その場に倒れた。

「哀れだけど……同情はできないわね」

彼らは今まで、弱者を散々食い物にしてきた。

その報いを受け、これからは、その弱者の側の一番下に送られるのである。

ある意味、死に勝る罰かもしれない。

「さてと……やっと終わりました」

常に変わらぬポーカーフェイスなゼオスであったが、大きな仕事を終え、大きな力を使った後だからか、彼女にしては珍しく、深い息を吐《つ》いた。

「ゼオス、さん？」

「なにか？」

そんなゼオスに、クゥは尋ねる。

どうしても、聞きたいことがあったのだ。

「あなたは、もしかして……これが目的だったんじゃないですか？」

「言っている意味がわかりません」

「あなたは、少しずつかけちがえたこの世界を整えるために、降臨したのではないですか？」

ずっと、クゥはそれが気になっていた。

ゼオスは、冷酷な徴税人――に見えて、メイやブルー、それだけではない、自分や、世界中の人々、魔族人類区別なく、皆を導いていたのではないかと、思わずにいられなかった。

「ブルーさんとメイさん、二人があのまま、勇者と魔王として戦うことにならないように、二人が、過去に繋《つな》がりがあったことを思い出せるように」

「…………」

「長い年月、センタラルバルドとグッドマンの二人に支配され、苦しんでいた両種族を解放するために」

「…………」

「そして解放された両種族が、ともに手を取り合って、健やかに働けるようにするために」

ゼオスは答えない。

無言で、クゥをじっと見つめている。

「あなたは、わたしや、みんなを、あるべき形に導いたんじゃないですか？」

でも少しだけ彼女の目に、今までにない光が宿っていた。

「そうでなかったら、この特区に集まった人たちが、みんなブルーさんと縁のある人だなんて、そんな偶然起きません！」

世界全てに影響を与える、天使の力でもなければ、ありえない話だ。

「たまたま全員、夢で見ただけでしょう。それを見ただけで、行くかどうかは、それぞれの判断です」

しかし、ゼオスは否定する。

謙遜《けんそん》や、謙虚ではない。

彼女は彼女の矜持《きょうじ》で、それを認めなかった。

「クゥ・ジョ……奇跡とは、神が起こすものではありません」

そして、天使らしからぬことを話し始める。

「奇跡とはいつだって、懸命に生きる者たちの前に現れるものです。仮に私がなにかしたのだとしても、あなた方が……あなたが、そうしたいと思い動かなければ、なにも起こりません」

導く者がいたとしても、その導きに従い、歩を進めなければ、なにも変わらない。

奇跡とは与えられるものではない。

いつだって、手を伸ばした者が、摑《つか》み取るものなのだ。

「だから誇りなさい。この光景は、あなたが作ったものです」

「ゼオスさん………」

「そしてもう一つ……税制度とは、この世のお金と物と人の流れを、正しく調整するためのもの、誰かを不幸にするためのものではありません」

「それ………」

それは、クゥの一族に代々伝わる、〝ゼイリシ〟の教えだった。

そして、税制度の根幹でもあった。

一人が溜《た》め込み、独占すればするほど……もしくは、過剰に緊縮し、必要なものさえ出し渋れば、それだけ税金は高くなる。

税を安くしたければ、世界に金を解放し、多くの者たちの手に渡るようにすればいい。

その「お金の流れ」こそが、経済活動と呼ばれるものなのだ。

「それは税天使を名乗る私にも、同様です。……ふふ」

言うと、ゼオスは微笑《ほほえ》んだ。

いつかのような挑発的な不気味な笑いではない。

優しい、温かい笑顔だった。

「そろそろ、お別れの時間ですね」

背中の翼をはためかせ、ゼオスはゆっくりと、天に昇っていく。

「さらばですクゥ・ジョ……やはり、ジョ一族の末裔《まつえい》ですね。あなたの先祖も、あなたと同じ、とても立派な方でしたよ」

「あ………」

クゥは理解する。

彼女は、自分も導いてくれていたのだ。

たった一人で、誰にも必要とされなかった自分を、あるべき場所に、自分を求めてくれる人たちのもとに。

「ゼオスくん……こういうのもおかしな話だが……ありがとう」

天界に戻っていくゼオスに、メイとブルーも、彼らなりに、別れを告げる。

「ったく、最後になんかいい人になっちゃって、最初からもう少し可愛《かわい》げのあるとこ見せればいいでしょうに」

「メイく～～ん……」

「ま、感謝しとくわ。ありがと」

あくまで、彼らなりに。

そして、最後にゼオスは、三人に告げた。

「では、また来年」

「え？」

耳を疑うブルー。

そして絶叫するメイ。

「えええええっ!?」

「なに言っているんですか、税金は毎年納めるんですよ」

カクテイシンコクは、本来毎年行うものである。

五十年サボってた魔王城の方がおかしいのだ。

「いや、ちょっとアンタ!?　この流れでそういうこと言う!?」

「あなた方は、納税に対して間違いが多いです。〝要注意者リスト〟に載ったので、しばらくは私が細かく監査します」

「なんだとこらぁあああ!!」

ちなみに、税務調査を受けた者は、今後納税の方法に注意・指導が必要と判断され、その後数年にわたって、いろいろと監査が厳しくなるのだ。

「それでは、失礼いたします」

言いたいことを言い終わると、ゼオスはさっさと天界に戻ってしまった。

「あははははは……まいったねこりゃ」

「二度と来るなー!!　陰険天使────!!!」

さすがに笑いもこわばるブルー、そして、天に向かって中指を立てるメイ。

「…………………」

クゥは、じっと空を眺める。

（メイさんには申し訳ないけど………）

一人ぼっちだった彼女は、自分の果たすべき仕事と、自分を必要としてくれる人と出会えた。でも一番の幸福は、メイとブルーという、仲間を得たこと。そして──

「また、会いましょうね」

優しいが、決して甘くない、天使の好敵手と出会えたことだったのかも、しれない。

後ろがたり

あるところにいた、ボロボロの女の子は、大きくなって、勇者となった。

そして、優しい魔族の王様と結ばれた。

二人はともに力を合わせ、「弱いことが悪とはならない」優しい世界を築きました。

誰もが、幸せになりたいと、当たり前に願え、生きることができる世界を。

そして、二人の傍らには、常に、聡明《そうめい》なる〝ゼイリシ〟の少女がいたのでした。

だが……ただし、それは――


魔王城地下、歴代魔王の霊廟《れいびょう》。

その最深部、初代魔王ゲイセント一世の墓所。

無数に並んだ、門外不出の石盤が、安定を崩し、誰が触れるでもなく、ガタリと落ちる。

そこには、こう書かれていた。

「悪夢の〝カクテイシンコク〟を終え、我が王朝は存亡の危機を免れた。認めたくはないが、あの人間の〝ゼイリシ〟の力のおかげだ。しかし……しかし、なんという皮肉なことだ。それが、まさか、こんなさらなる大災厄のきっかけとなるとは」

彼らはまだ、いくつもの試練を超える必要が、あるようであった。

了

あとがき

はい、というわけでございまして、『剣と魔法の税金対策』いかがだったでしょうか？

「税金」をテーマにした今作、書こうと思ったキッカケは、至極単純でございます。

私がね、税務調査食らったの。

びっくりしましたよ～……ある日いきなり電話が来ますからね。

最初はなにかの間違いかと思いましたよ。

ちょっとした記入ミスとかね、どっこい違いましてね。

来ましたよ、我が家に、税務署の人が！

いややってませんよ脱税とか!?

ちゃんと明朗会計な申告してますよ。してたはずなんですがねぇ……。

まぁここらへんいろいろとありましてね、要は「税金というものは、基準が曖昧《あいまい》なところがあり、納税側と徴税側では解釈が異なるもの」が多いんです。

詳しく説明するには、あとがきページが足りません。

なので二巻以降に改めて――（二巻もよろしくねという無言の視線）。

とはいえいい機会なので、税のことを調べたり、税理士さんにお話を伺ったり、特に税務調査員の方にも、かなりいろいろ質問をしたんですよ。

なにせ、「納税は納税者が納得した上でさせなければならない」というルールがあるので、税務調査の際の質問は、〝答えなきゃいけない〟そうなんです。

「〝勇者の剣〟には、どのような課税がされるんでしょう？」

「あるんですか!?　っていうか勇者なんですか？」

「ちがうんですけどね」

「ならなんで聞くんですか!?」

そんな感じで、徹底した取材を基にお贈りいたしました今作です。

では最後に、謝辞などを……三弥《みや》カズトモ様、すばらしいイラスト感謝です！

担当S氏、いろいろとお骨折り、ご面倒おかけいたしました！

校正様、デザイナー様、流通、書店の方々、本書に関わったすべての皆様、そしてなにより、本書を読んでくださったすべての皆様に、心からの感謝を！

ありがとうございました！

それでは皆様、確定申告はお早めに！

SOW

差し押さえ ［さしおさえ］

所有権という、「おれのものはおれのもの」な権利をひっくり返し、その処分を禁止し、確保する「強制執行」と呼ばれるものです。わかりやすく言えば「借金のカタに持っていく」です。怖いです。すごく怖いです。

その内容は多岐にわたり、土地や家、調度品や美術品や装飾品なども該当します。銀行の預金や定期預金も入ります。中には「権利」も該当し、畑を持っている場合は「その年の収穫物」も取られます。とはいえ、全て持っていかれるわけではなく、「生活に必要なもの」は最低限残されます。

この差し押さえ、恐ろしいのが、「期間内ならいつでも差し押さえられる」で、今は持っていなくても、将来に渡ってなにかお金を得たら、その場で発動させることも可能です。さらに言えば、期間の延長も可能です。

ゼオスさんの"MARUSA"が、未来の収入まで徴収したのは、そういう理由なんですね。

税務調査 ［ぜいむちょうさ］

基本的に、納税は「申告制」で行われています。つまり、納税者が「稼ぎがこれくらいで、これくらい控除があり、これくらい経費がかかったので、収入はこれくらいです」という申し出に基づき「じゃあ税率これくらいで税金こんだけだよ」となっています。なので、この申告が間違っていたら、当然納税額も異なります。その申告が「間違っているのではないか？」もしくは「ズルしてごまかしているんじゃないか？」と思われる納税者への調査が、税務調査です。

ちなみに、比較的収入の多い人ほど、受ける割合は高いです。魔王城はずっとどんぶり勘定で、しかも納税額も大きかったので、対象になったんですね。調査は税務署に呼ばれる場合もありますが、税務職員が直接お家に伺う事が多いです。そうすることで、申告している内容に合致するか、監察してもいるのです。調査員の権限は大変強く、取引先や、時には銀行の口座も照会できます。

調査の結果、申告内容が「間違っていた」と判断されれば、修正し、差額分を納税します。

ですが、「過少に申告した」「申告自体しなかった」等の場合は、重加算税や過少申告税というペナルティが課せられ、さらに「本来納めるはずだった日」から計算しての利息となる延滞税もプラスされます。さらにさらに、あまりにも悪質かつ高額であった場合――すなわち、意図的に納税を逃れようとした――は、調査員によって告訴され、「脱税犯」として逮捕されてしまいます。

以上、簡単ながら、基礎的な用語に関してご説明させていただきました！

こわーい税務調査を受けないためにも、正しい納税を心がけましょう。そして、

"ゼイリシ"のサポートを受けることをおすすめします。ご依頼、待ってますよー♪

“ゼイリシ”クゥ・ジョの

出張税務相談

It's a world dominated by tax revenues. And many encounters create a new story

どうも！　“ゼイリシ”のクゥ・ジョと申します！
本作品に出てくる“ゼイリシ”の用語、「なにがなんだかわかんないよ～」という方のために、補足の説明をさせていただきます！　だいじょうぶ、税金は怖くありません！　あ、ちなみに、こちらでは、皆さんにわかりやすくするために、“日本”の税制度に基づいて解説させていただきますね？

贈与税 ［ぞうよぜい］

メイさんが「世界の半分」をもらおうとして課税されてしまった税金ですね。要は、「お金か、高価なものをもらったら発生する税金」です。「なんで!?」と思うかも知れませんが、「財産を相続したら発生する」相続税を免れようとする人を防ぐための税制度なのです。

なので、相続税よりも課税率が高くなっています。

基本的には、１１０万円以上の高価なものをもらった場合課税されます。 金額によって異なり、最低で１０%、最大で５５%になります！　もらい過ぎには気をつけましょう。

控除 ［こうじょ］

控除とは、“ゼイリシ”においては、「その税金を納めるにあたって、考慮され、無税とされる金額」のことです。結婚している人なら、配偶者控除、子どもや働けないお年寄りがいるのなら、扶養控除などがあります。

例えば、病気やケガをした人がいたとすれば、お医者さんに行かなければなりませんね。そこで、診察代や治療費、薬代や入院費が発生します。そこにも医療控除が適応されます。そうすることで、「税金の心配をしないでちゃんと病院に行こうね」となるのです。

この「控除」のある無しで、納税額は大きく変わります！　なので、わたしも徹底的な洗い出しを行ったのです。控除にはいろんな種類があるので、調べてみるのもおもしろいですよ♪

参考資料：『完全図解版　あらゆる領収書は経費で落とせる』（ビジネス社）　『キミのお金はどこに消えるのか』（KADOKAWA）
『税金は何のためにあるの』（自治体研究社）　『脱税の世界史』（宝島社）　国税庁ウェブサイト https://www.nta.go.jp/

GAGAGA

ガガガ文庫

剣と魔法の税金対策

SOW

発行　2021年1月24日　初版第1刷発行

発行人　鳥光 裕

編集人　星野博規

編集　榊原龍一

発行所　株式会社小学館
〒101-8001 東京都千代田区一ツ橋2-3-1
［編集］03-3230-9343 ［販売］03-5281-3556

カバー印刷　株式会社美松堂

印刷・製本　図書印刷株式会社

Printed in Japan ISBN978-4-09-451882-5